Theodor von Bernhardi

**Bemerkungen zu dem Bericht der Militair-Kommission des**

**Abgeordneten-Hauses**

Theodor von Bernhardi

**Bemerkungen zu dem Bericht der Militair-Kommission des Abgeordneten-Hauses**

ISBN/EAN: 9783741192913

Hergestellt in Europa, USA, Kanada, Australien, Japan

Cover: Foto ©Andreas Hilbeck / pixelio.de

Manufactured and distributed by brebook publishing software
(www.brebook.com)

Theodor von Bernhardi

**Bemerkungen zu dem Bericht der Militair-Kommission des Abgeordneten-Hauses**

# Bemerkungen

zu

## dem Bericht der Militair-Commission

des Abgeordneten-Hauses

die Reform der Heeresverfassung betreffend

von

### Theodor von Bernhardi.

———— ❈ ————

Leipzig,

Verlag von S. Hirzel.

—

Januar 1861.

In den erften Monaten des jüngft vergangenen Jahres, als eine Umgeftaltung unferer vaterländifchen Heeresverfaffung, deren Nothwendigkeit allgemein anerkannt war, zuerft einer öffentlichen Erörterung entgegen ging, glaubte auch der Verfaffer diefer Blät= ter, einige Bemerkungen fowohl über die Mängel unferes bis= herigen Syftems, als über die nach feiner Meinung zweckmäßigen Normen einer Neubildung, zunächft an die Mitglieder der Landes= vertretung richten zu dürfen.

Ueber den Reorganifationsplan, den die Regierung im Sinn hatte, war damals nicht mehr bekannt, als daß die dreijährige Dienftzeit beibehalten werden folle, und daß die Abficht dahin gehe, nicht allein die Rahmen zu allen Bataillonen, die in das Feld geführt werden follen, fchon im Frieden bereit zu halten, fon= dern auch diefen Stämmen einen Präfenzftand zu geben, der hin= reichte, fie zu einer tüchtigen Schule für die Offiziere und Unter= offiziere, wie für die Soldaten zu machen, und die fefte Hal= tung der Schaaren in allen Wechfelfällen des Krieges zu verbür= gen. Damit waren leitende Grundfätze ausgefprochen, mit denen wir uns im Allgemeinen entfchieden einverftanden erklären mußten.

Seitdem ift die Sache nun vielfach und in fehr verfchiedenem Sinn befprochen worden, wie man erwarten mußte, wo es fich um eine Frage von folcher Wichtigkeit handelte.

In der Commiffion des Haufes der Abgeordneten, welcher die Militair=Vorlagen der Regierung überwiefen waren, nahm die Berathung einen fehr weit greifenden Charakter an. Die Ma=

1 *

jorität dieser Commission gelangte nämlich im Lauf der Debatte dahin, dem Entwurf der Regierung einen anderen entgegenzu= setzen, den sie selbst einen „Gegenentwurf" nannte; der, in Be= ziehung auf militairische Zweckmäßigkeit, von gerade entgegenge= setzten Ansichten und Ueberzeugungen ausging — und in Folge dessen natürlich fast in allen seinen Bestimmungen einen Gegensatz zu jenem bildete.

Es kann nicht unsere Absicht sein, alle Fragen zu erörtern, die sich diesem Gesetzentwurf gegenüber aufdrängen. Aber da sich der Verfasser in der Lage befindet, auch seine öffentlich aus= gesprochene Ueberzeugung gegen die Argumentation der Com= mission — oder vielmehr ihrer Majorität — vertheidigen zu müssen, scheint es nöthig, nicht nur die Gründe, die gegen seine Ansicht geltend gemacht worden sind, einer prüfenden Betrachtung zu unterwerfen, sondern auch die positiven Vorschläge der Com= mission. Beides ist der Natur der Sache nach so eng mit einan= der verflochten, daß es nicht getrennt werden kann; denn wo die Kritik sich nicht darauf beschränkt, einen vorliegenden Entwurf abzulehnen, wo sie, weiter schreitend, aus ihrem verneinenden Ur= theil ein vollständiges System neuer Vorschläge hervorgehen läßt, das an die Stelle jenes ersten, getadelten Planes treten soll —: da ist die Frage, auf deren Beantwortung es eigentlich ankömmt, die, ob die Normen dieses Gegen=Entwurfs wirklich als die besseren anerkannt werden müssen, ob die ablehnende Kritik durch sie ge= rechtfertigt erscheint oder nicht.

Schon bei einem ersten, flüchtigen Blick auf den „Bericht" der Commission an das Haus der Abgeordneten, ergiebt sich nun aber, daß wir in dem Plan zu einer Reorganisation des preußischen Heeres, den er uns bringt, doch nur in sehr bedingter Weise und mit gewissen Einschränkungen eine eigene Schöpfung dieser Com= mission anerkennen dürfen. Die Vorschläge, die uns darin vor= gelegt werden, sind im Wesentlichen einer kleinen Schrift des Generals v. Willisen entlehnt; jener Flugschrift, die unter dem Titel: „Ueber große Landes=Vertheidigung oder Festungsbau und

Heerbildung in Preußen," in den ersten Wochen des vergangenen Jahres erschienen war.

Aller Wahrscheinlichkeit nach hatte der General selbst nicht er= wartet, daß man einen so ernsten Gebrauch von seiner Schrift ma= chen werde. Wenigstens scheint die Vermuthung gerechtfertigt, daß er den Inhalt seiner Schrift wohl noch einmal in allen seinen Theilen ernster Erwägung, das Ganze einer gründlichen, folge= richtigen Ueberarbeitung unterzogen haben würde, wenn er hätte ahnen können, daß man beabsichtigen werde, seine flüchtig hinge= worfenen Gedanken ohne Weiteres zu leitenden Grundsätzen bei der wirklichen Neubildung des vaterländischen Heeres zu erheben.

General v. Willisen selbst nennt seinen Entwurf einen „nur leicht skizzirten"; und das ist er auch. Eine solche leicht hin= geworfene Skizze kann genügen, wo es nur darauf ankömmt, flüchtige Gedanken in die Oeffentlichkeit zu werfen, im Allgemei= nen anzuregen und eine Discussion hervorzurufen. Da ist es al= lerdings nicht unbedingt Pflicht, alle Einzelnheiten ängstlich zu er= wägen, vielmehr ist selbst einer gewissen Freiheit der Abstrac= tion ein weites Feld geöffnet; es ist durchaus gestattet, in sol= cher Absicht auch »rêveries« niederzuschreiben, wie der Marschall von Sachsen gethan hat, und sie können sogar sehr fruchtbar wer= den. Ganz anders aber verhält sich die Sache, wenn es die Aus= arbeitung eines Planes gilt, der bei der Reorganisation eines Heeres wirklich befolgt werden soll; die Neugestaltung dieses Heeres selbst, von dessen zuverlässiger Tüchtigkeit die Würde und Unabhängigkeit des Staates nach außen, das Wohl und Weh des Vaterlandes, und da unglückliche Wechselfälle des Krieges den Feind gar wohl tief in das Innere der heimathlichen Länder führen können, in der bestimmtesten Weise das Wohl und Weh der einzelnen Familien, das Ergebniß gar manches, mühevol= lem Fleiß gewidmeten Lebens, das geschützt werden oder ver= loren gehen kann, sehr wesentlich abhängig sind. Hier tritt uns der hohe Ernst einer Verantwortlichkeit entgegen, wie sie auf dem ganzen Gebiet menschlicher Thätigkeit kaum größer und um=

faffender gedacht werden kann. Es ist eine Aufgabe, deren Lö=
sung wohl kein ernster und gewissenhafter Mann nach einem „nur
leicht skizzirten" Entwurf unternimmt.

Wäre der General v. Willifen veranlaßt worden, seine
flüchtige Skizze zu so ernstem Gebrauch umzuarbeiten, so möchte
sich wohl gar Manches darin anders gestellt haben, und Vieles
wäre vielleicht daraus verschwunden. Zunächst würde der Gene=
ral dann wohl die Nothwendigkeit gefühlt haben, vor Allem die
Sätze, die sein ganzes System bedingen, fester zu begründen und
bestimmter zu beweisen. Der General spricht — wenigstens so
lange er in ganz abstracten Vorstellungen verweilt — für zweijäh=
rige Dienstzeit; er sagt unter Anderem: „wir läugnen, daß es
dreier Jahre ununterbrochener Dienstzeit bedürfe, um einen In=
fanteristen kriegsfähig zu machen." Natürlich sahen wir den Grün=
den, auf welche dieses Läugnen sich stützt, dem Beweis, daß eine
kürzere Dienstzeit genüge, mit einer gewissen Spannung entgegen,
mußten aber bald — und wir gestehen, zu unserer Ueberraschung —
gewahren, daß sie fehlen; daß die so hingestellte Behauptung ganz
einfach für den Beweis ihres eigenen Inhaltes gelten soll.

Auf diese Weise wäre freilich sehr leicht über alle Schwierig=
keiten hinaus zu kommen. Nur bliebe es dabei ein bedenklicher
Umstand, daß es eben so leicht wäre, einem solchen Satz mit der
gerade entgegengesetzten Behauptung zu begegnen — und zwar ge=
nau mit demselben Recht die Bedeutung eines Beweises für sie
in Anspruch zu nehmen. Das Gewicht eines solchen kurz und
bündig gefaßten Gegenbeweises dürfte wenigstens der nicht in
Frage stellen, der selber kein tiefer gehendes Argument beigebracht
hat. Die Erörterung käme auf diesem Weg bei dem allerersten
Schritt zu einem vollkommenen Stillstand, und es möchte ihr
wohl nur dadurch weiter zu helfen sein, daß beide Theile diese
Art der Beweisführung fallen ließen.

Weiter würde der General, wenn er den größten Feldherren
einer nicht sehr entfernten Vergangenheit redend und als Autorität

einführen wollte, ohne Zweifel seine Erinnerungen vollständiger
gesammelt und kritisch gesichtet haben.

Er führt nämlich Worte an, die Napoleon I. zur Zeit der
Schlacht bei Lützen gesprochen haben soll, und die sich zu Gunsten
einer kurzen Dienstzeit deuten lassen. —» Vieux officiers et jeunes
soldats, c'est la meilleure troupe!« so lautet der Spruch.

Hätte Napoleon sich je wirklich in solcher Weise geäußert, so
könnten seine Worte doch immer nur der Ausdruck einer augenblick-
lichen Stimmung gewesen sein, denn daß er im Allgemeinen nur
von Berufs-Soldaten wissen wollte, und mit sehr großer — sogar
mit viel zu großer Verachtung auf alle und jede Art von Volksbewaffnung — auf jede schnell gebildete, mehr oder weniger improvisirte Truppe herabsah, das ist weltbekannt.

Es ist uns nicht gelungen, bestimmte Beweise für die Authen-
ticität der angeführten Worte Napoleon's aufzufinden. Dagegen
wüßten wir aus seinen Briefen, Befehlsschreiben und sonstigen
Schriften eine lange Reihe sehr scharf und bestimmt gefaßter Aeußerungen in gerade entgegengesetztem Sinn, mit aller Genauigkeit, die irgend verlangt werden kann, nachzuweisen. Sie würden
schlagend darthun, daß Napoleon's Autorität durchaus nur für
die gerade entgegengesetzte Ansicht der militairischen Dinge, für
lange Dienstzeit, für die Bildung der Heere so viel als möglich
aus Berufssoldaten in Anspruch genommen werden kann.

Nur um zu zeigen, welcher Geist in diesen Aeußerungen ath-
met, sei es vergönnt, hier ein Paar derselben mitzutheilen, die dem
General v. Willisen natürlich so gut bekannt sind als uns.

Die älteren Zeitgenossen erinnern sich noch des »Manuscrit
venu de Ste Hélène d'une manière inconnue,« das im Jahr
1817 in ganz Europa so viel Aufsehen machte, so ungeschickt
der Betrug auch angelegt war. Die kleine Schrift, in der nicht
einmal die Reihenfolge der Begebenheiten richtig wiedergegeben
war, wurde für ein Werk Napoleon's ausgegeben, und der Verfasser ließ diesen unter Anderem sagen: »Mes artilleurs étaient
braves et sans expérience, c'est la meilleure de toutes les

dispositions pour le soldat« — ein Ausspruch, der freilich in Beziehung auf Artillerie ganz besonders absurd ist.

Der wirkliche Napoleon bemerkt in seinen mémoires zu dieser Stelle: »Avec de pareils principes il ne faut pas d'armée de ligne, la garde nationale suffit. On ne disconvient pas que l'auteur du manuscrit de Ste Hélène ne soit un homme d'esprit, mais certes il n'est pas militaire.« In den Pensées de Napoléon (§. 55) lesen wir dann weiter: »Avec une jeune armée on peut enlever une position formidable, mais on ne peut pas suivre jusqu'au bout un plan, un dessein.«

Auch stimmte Napoleon's Praxis durchaus zu seiner Theorie. Er suchte sich zwar allerdings für seine Eliten-Truppen, seine Garden, wie wir das selbst nach den vom General v. Willisen angeführten Worten erwarten mußten, alte Offiziere aus — keineswegs aber junge Soldaten. Regelmäßiger Weise konnte kein Soldat in die „alte Garde" aufgenommen werden, der nicht auf seinem linken Aermel den „Chevron," das Zeichen einer durchgemachten zehnjährigen Dienstzeit, aufzuweisen hatte.

Ferner würde es der General v. Willisen bei einer sorgfältigen Ueberarbeitung seiner Schrift für einen ernsten Gebrauch gewiß vermieden haben, gelegentlich gegen sich selbst und seine eigenen Sätze zu beweisen.

Das widerfährt ihm, wie uns scheint, einigermaaßen schon in dem, was er über Napoleon's Heer bei Lützen und Bautzen in folgenden Worten sagt: „Seine Armee, mit der er jene Siege erfocht, bestand aber ganz aus Rekruten, und nur weil er sie mit den alten Offizieren und Unteroffizieren versehen konnte, welche er aus Spanien heranzog und mit denen, welche sich aus der furchtbaren Katastrophe von Rußland gerettet hatten, war es möglich gewesen, wieder so schnell eine Armee zu bilden und mit ihr zu leisten, was er leistete."

Vermöge des Nachsatzes, der in so charakteristischer Weise durch das Wörtchen „nur" eingeführt wird, gestaltet sich das

Ganze gewiß nicht zu einem Beweis dafür, daß eine kurze Dienst=
zeit unter allen Bedingungen genüge. „Nur" weil Napoleon
über viele Tausende alter Offiziere und Unteroffiziere verfügen
konnte, war überhaupt möglich was damals geschah. Und dies
waren Offiziere und Unteroffiziere, die nicht etwa ihre Erfahrungen
in einem längeren Friedensdienst erworben hatten: es waren
Leute, die ihre Haltung, die Fähigkeit, in kurzer Zeit eine mora=
lische Herrschaft über das Gemüth des Soldaten zu gewinnen und
energisch zu behaupten, sowie das Geschick, die Umstände und je=
den Vortheil zu nützen, auf unzähligen Schlachtfeldern gewonnen
hatten. Dergleichen sind nur in Zeiten unaufhörlicher Kriege zu
haben.

Fassen wir vollends den Gang der Schlachten bei Lützen und
Bautzen näher in's Auge, rechnen wir hinzu, daß Napoleon bei
alledem nicht weniger als einer geradezu doppelten Ueberlegenheit
bedurfte, um mit seinen alten Offizieren und jungen Soldaten
diese beiden sehr dürftigen Siege zu erfechten, und daß er sie durch
sehr große Opfer erkaufen mußte, durch ganz unerhörte Verluste,
die großentheils durch das eigene Ungeschick der jungen Krieger
herbeigeführt worden waren —: erwägen wir alle diese Umstände,
dann scheint das Beispiel überhaupt nicht glücklich gewählt, wenn
es beweisen soll, daß junge Soldaten in jeder Beziehung genügen,
sofern sie nur von erfahrenen Offizieren geführt werden — oder
vollends, daß „alte Offiziere und junge, — d. h. nicht etwa blos
an Jahren, sondern im Dienst, an Erfahrung und Schule junge —
Soldaten" ein Ideal seien, das man streben müsse zu verwirklichen.

Bestimmter noch scheint uns der General gegen sich selbst zu
beweisen, wenn er in Beziehung auf die Verhältnisse, die im Jahre
1813 obwalteten, sagt: „Die Armee von 1813 bestand nur aus
Leuten, die 1 Jahr gedient hatten, und die Landwehren waren
Rekruten von 3 Monaten; Napoleon's ganze Armee von
Lützen und Bautzen ebenso." — Offenbar will der General
andeuten, es sei bei alledem auf beiden Seiten ganz gut gegangen.
Gewiß aber kann Niemanden entgehen, wie bedenklich nahe uns

durch die zweite Hälfte des Satzes die Frage gelegt wird: wie nun aber, wenn Napoleon n i ch t in dem Fall war, gegen die jungen preußischen Krieger eben auch Neulinge in das Feld führen zu müssen? — Wenn seine geprüften und gestählten Soldaten aus dem Lager von Boulogne, die Soldaten der Feldzüge 1805 bis 1809 auch noch 1813 um seine Fahnen geschaart waren? — wie dann?

Weiter würde der General in dem vorausgesetzten Fall wohl auch nicht das, was nach unserer und — wie wir aus manchem entschiedenen Wort seiner Schrift folgern dürfen — auch nach seiner Meinung gerade die Hauptsache ist, ganz unerörtert gelassen ha= ben. Je entschiedener er die Ansicht ausspricht, daß Kosten und Anstrengungen im Frieden vorzugsweise auf das gerichtet sein müßten, was man sich im Augenblick des Bedürfnisses nicht schaf= fen kann, daß es mithin darauf ankomme, tüchtige Cadres, ein zahlreiches, so gut als möglich durchgebildetes Offizier= und Un= teroffiziercorps heranzubilden, desto weniger durfte die Frage um= gangen werden, wie denn die Schule beschaffen sein müsse, aus der diese vortrefflichen Offiziere und Unteroffiziere hervorgehen sol= len? Und — was damit auf das engste zusammenhängt — ob der Friedensdienst in ganz schwachen Stämmen, in bloßen Schein= Bataillonen und Schein=Regimentern, wie sie vom Standpunkt der absoluten Sparsamkeit aus empfohlen werden, wohl geeignet ist, dergleichen zu bilden.

Die Schrift des Generals bringt über diese wichtigen Fragen kein Wort. Alles, was sich darauf beziehen könnte, wird so voll= ständig vorausgesetzt, daß wir nicht einmal mit einiger Bestimmt= heit zu sagen wissen, was denn eigentlich vorausgesetzt wird.

So wenig in einem sorgfältig ausgearbeiteten Plan die Er= örterung dieser Fragen umgangen werden konnte, so wenig durfte in einem solchen ein starker innerer Widerspruch unbeachtet bleiben. Er liegt darin, daß die im Allgemeinen aufgestellten leitenden Grundsätze in den bestimmten Vorschlägen für die Organisation im Einzelnen entschieden verläugnet sind. So zwar, daß hier das

Einzelne in mancher Beziehung geradezu einen Gegensatz zu den als maaßgebend anerkannten Prinzipien bildet.

Der General geht nämlich von dem „Hauptgrundsatz" aus, daß im Frieden „gut gebildete Rahmen" für alle Schaaren, für das ganze Heer, wie es im Krieg auftreten soll, bereit sein müssen, da= mit man der Nothwendigkeit entgehe, im Augenblick des Kriegs ganz neue Truppentheile zu bilden, wie das durch unser bisheriges System geboten sei. Er fügt hinzu, daß eben in dieser Nothwen= digkeit, im Augenblick der Mobilmachung ganz neue Bataillone zusammenzustellen, die bedenkliche Schwäche der bisherigen Ein= richtungen liege — und schlägt dann selbst eine neue Organisation vor, der zu Folge für nicht weniger als ein volles Drittheil aller Bataillone, die in das Feld geführt werden sollen, im Frieden gar kein Rahmen vorbereitet wäre. Noch dazu sollen diese Bataillone, die im Frieden gar nicht da sind, im Krieg die Eliten=Bataillone der Regimenter bilden.

Endlich könnte ein auffallender Rechnungsfehler, der es geradezu unmöglich macht, den grundsätzlichen Forderungen des Generals in den von ihm vorgeschlagenen Formen zu ent= sprechen, wohl nur in einer flüchtig hingeworfenen Skizze stehen bleiben. Der General verlangt zweijährige Dienstzeit. — Die Compagnie soll, 11 Unteroffiziere und 10 freiwillige Capitulanten ungerechnet, jedes Winterhalbjahr über 60 Mann zählen, und jedes Jahr durch 40 Rekruten, die am 1. April eintreten, für die sechs Sommer=Monate auf 100 Mann verstärkt werden. Um aber diesen Mechanismus in dem vorausgesetzten regelmäßigen Gang zu erhalten, müßte nothwendiger Weise die Eine Hälfte eines jeden Jahres=Contingents nur 1½ Jahr — die andere Hälfte da= gegen 2½ Jahr im Dienst bleiben. Das Prinzip zweijähriger Dienst= zeit ist nach dem System des Generals v. Willisen auf keinen Theil der Mannschaft zur Anwendung zu bringen.

Das Alles sind Dinge, die sich in einem lebendigen Gespräch, das ungebunden den Inspirationen des Augenblicks folgt — im Austausch flüchtiger Gedanken — in einer Discussion aus dem

Stegreif über Probleme, die unerwartet zur Sprache gebracht
werden, durchaus gestattet sind. Sie machen ein geistreiches Ge=
spräch nicht weniger anziehend oder anregend. In einem Organi=
sations=Plan, den ein berühmter militairischer Schriftsteller, wie
der General v. Willisen, im Rath seines Monarchen oder im
Schoos der Landes=Vertretung für den wirklichen Gebrauch aus=
zuarbeiten hätte, würden wir sie aber, wie gesagt, gewiß nicht
finden.

Indeß die Commission des Abgeordneten=Hauses hat sich
über den Charakter dieser Schrift getäuscht. Sie hat in ihr etwas
gesehen wozu der General selbst sie offenbar nicht machen wollte.
Dieser Umstand wird uns nöthigen auch in der Erörterung des
„Gegen=Entwurfs" mehrfach auf diese Flugschrift, als die eigent=
liche Quelle der gemachten Vorschläge, zurückzugehen.

Die Bestimmungen des Organisations=Plans, den die Com=
mission ausgearbeitet hat, lassen sich im Einzelnen erst dann beur=
theilen, wenn der Werth der allgemeinen Vorstellungen, die den
Verfassern dieses Plans für maaßgebend und entscheidend gegolten
haben, geprüft und festgestellt worden ist. Werth oder Unwerth
des Einzelnen ist davon abhängig ob und in wie weit der An=
ordnung des Ganzen eine richtige oder unrichtige Ansicht zum
Grunde liegt.

Entschiedene Vertreter des „Gegen=Entwurfs" erklärten:
„Daß eine dreijährige Dienstzeit besser ist, als eine
zweijährige, daran ist kein Zweifel; — eine vierjährige
wäre wahrscheinlich noch besser; es kömmt nur darauf an, ob man
sie bezahlen kann; wenn man sie nicht bezahlen kann, muß man
sich mit weniger begnügen!"

Die Ansicht der Sache von der man sich im Allgemeinen be=
stimmen ließ, ist in diesen Worten sehr deutlich ausgesprochen.
Aber aus nahe liegenden Gründen war man nicht in der Lage diese
eigentlich entscheidend erachteten Motive in dem Bericht der Com=

miffion hervortreten zu laffen, denn in folcher Weife eingeleitet, hätte die zweijährige Dienftzeit unb das ganze Syftem, das fich daran knüpft, wohl nicht füglich als das an fich beffere empfohlen — nur als ein Nothbehelf, wir dürfen fagen, als ein leidiger Nothbehelf hingeftellt werden können.

Die Vorftellung felbft, von welcher diefes Argument ausgeht, ift dem Haushalt des Einzelnen im Privatleben entlehnt, unb hat da, innerhalb gewiffer Gränzen, ihre vollkommene Berechtigung. Eine Frau, die einen ächten Cachemire nicht bezahlen kann, hüllt fich in einen Shawl von parifer Fabrik. Weich unb warm ift der am Ende auch. Wer nicht viel auf feine Tafel zu verwenden hat, der fpeift, wie ein deutfches Volkslied fingt „anftatt des Wildprets Würfte" — fatt wird man auch davon! — Indeffen darf es uns doch nicht entgehen, daß der Satz felbft in dem Haushalt des Ein= zelnen nur fo lange feine vollftändige, unbeftreitbare Geltung hat, als von Dingen die Rede ift, die mehr oder weniger in die Kate= gorie des Luxus, zu dem Schmuck des Lebens gerechnet werden können. Das unbedingt Nothwendige zu befchaffen, ift auch der Einzelne unbedingt gezwungen, wenn er anders überhaupt exiftiren will; von einem Behelfen kann da nicht die Rede fein.

In dem Haushalt eines Staats ftellt fich die Sache noch we= fentlich anders. Wenigftens würde die Alternative, wenn es auf diefem Gebiet nicht möglich wäre, das wirklich Genügende, dem Zweck Entfprechende aufzubringen, zu einem anderen Ergebniß führen, als zu einem Nothbehelf. Stellt fie fich doch felbft für den Einzelnen fehr wefentlich anders. Der Menfch geht unter, wenn er das Nothwendige nicht zu beftreiten vermag.

Nun aber bilden die Grundfätze des Staatshaushalts, wie allen bekannt ift, die einigermaßen mit der Staatswirthfchaftslehre vertraut find, in gewiffem Sinn einen Gegenfatz zu denen die im Haushalt des Privatmanns maaßgebend find.

Der Privatmann hat feine Ausgaben, infofern fie über das unbedingt Nothwendige hinausgehen, nach feinen Einnahmen zu bemeffen, unb darf fich mehr oder weniger Genuß unb Schmuck des

Lebens gestatten, je nachdem seine Mittel ausreichen. Im Haus=
halt des Staats dagegen liegt umgekehrt in den nothwendigen,
unabweisbaren Ausgaben das Maaß, auf welches die Einnahmen
gebracht werden müssen. Dort sind die Einnahmen das Gegebene
und Bestimmende, hier sind es die Ausgaben; denn nur insofern
er gewisse Ausgaben zu bestreiten hat, um seine Bestimmung erfül=
len zu können, ist der Staat überhaupt berechtigt, seinen Angehöri=
gen Steuern abzufordern und ein Einkommen zu haben.

Die Berechtigung des Staats geht natürlich nicht weiter als
das Bedürfniß. Der Reichthum des Landes, die Möglichkeit, hö=
here Steuern aufzubringen, giebt dem Staat an sich keineswegs,
wie dem Privatmann der Besitz eines großen Vermögens, das
Recht, seine Ausgaben zu steigern und sich mit einem glänzenden
Luxus zu umgeben. Während der Privatmann bemüht sein muß,
seinem Vermögen das größte mögliche Einkommen abzugewinnen,
hat der Staat umgekehrt die Verpflichtung, stets nur das kleinste
mögliche Einkommen aus dem Nationalvermögen für sich in An=
spruch zu nehmen.

Darf aber einerseits der Staat nicht über das wirkliche Be=
dürfniß hinausgehen, so können andererseits die Ausgaben, als
ihrer Natur nach nothwendige, auch nicht ohne Weiteres durch eine
ganz willkürliche Sparsamkeit, nach Rücksichten die außerhalb der
Sache selbst liegen, festgestellt werden, und es giebt eine Gränze,
innerhalb welcher es unbedingt geboten ist, aufzubringen, was die
Umstände verlangen. Denn es gilt, daß dem Zweck des Staats
genügt, seine Bestimmung erfüllt werde; willkürlich das Ungenü=
gende, das zu gar nichts helfen kann, an die Stelle des Genügen=
den setzen, wäre die verkehrteste aller Verschwendungen. —

Einleuchtend ist, daß die Berechtigung, eine bewaffnete Macht
zu errichten, am allerwenigsten in den Verhältnissen des inneren
Haushalts gesucht werden darf; etwa blos darin, daß günstige
Verhältnisse die Kosten einer solchen ohne Beschwerde aufzubringen
gestatteten — und daß umgekehrt die Pflicht, durch eine bewaffnete
Macht für die Sicherheit des Staats zu sorgen, nicht ohne Weite=

res aus ökonomischen Gründen abgelehnt werden kann. Die
Nothwendigkeit, uns zu waffnen, stets auf einen möglichen Kampf
gehörig vorbereitet da zu stehen, wird uns durch auswärtige Ver=
hältnisse auferlegt; durch Gefahren, die den Staat von außen her
bedrohen, durch eine Mission, die er nach außen hin zu erfüllen
hat. Damit ist schon gesagt, daß es eine gar seltsame Verir=
rung wäre, wenn man in Beziehung auf die Institutionen, die
durch eine solche Nothwendigkeit in das Leben gerufen werden,
auf die Wehrhaftmachung des Staats und ihr Maaß, ganz von
den Mächten, den Verhältnissen absehen wollte, die sie von
uns fordern; wenn man vermeinte, hier Alles mehr oder weniger
willkürlich, nach anderweitigen Rücksichten, die außerhalb der Sa=
che selbst liegen, bestimmen zu können. Es steht uns nicht unbe=
dingt frei, ganz willkürlich zu bestimmen, innerhalb welcher Gränzen
wir die Aufgabe lösen, wie weit wir mit unseren Anstrengungen
gehen wollen. Unsere Aufgabe tritt uns vielmehr in sehr bestimm=
ter Form und Bedeutung als eine gegebene entgegen, und sie trägt
das Maaß der Macht, der Anstrengungen, die ihre Lösung erfor=
dert, in sich selbst.

Eben deshalb ist, wie wir schon bei einer früheren Gelegen=
heit geltend machten, in Beziehung auf alle militairischen Anstalten
der Begriff des Zweckmäßigen und Genügenden ein so durchaus
relativer, daß es einen allgemein gültigen Maaßstab dafür gar nicht
giebt; weder ein Ideal militairischer Vollkommenheit, das un=
ter allen Bedingungen erstrebt werden müßte, noch ein Minimum
militairischer Tüchtigkeit, das in allen Fällen genügend geachtet wer=
den dürfte. — In Nordamerika z. B., wo man sich eigentlich nur
gegen einige verkommene Stämme der Ureinwohner zu schützen
braucht, von allen gefährlicheren Gegnern aber ganz oder fast ganz
durch das Weltmeer geschieden ist, sind die einfachsten Anstalten,
eine Grenzwache und ein Miliz=System, ohne Zweifel vollkommen
genügend. Es wäre Thorheit, wenn man dort Zeit und Mittel —
mögen diese auch noch so reichlich vorhanden sein, — darauf ver=
wenden wollte, ein zahlreiches Heer zu bilden, das den höchsten

Forderungen entspräche. Preußen hat gefährlichere Gegner in grö=
ßerer Nähe, und seine Aufgabe wird ihm noch durch ungünstige ört=
liche Verhältnisse erschwert. Sie zu lösen, erfordert natürlich mili=
tairische Vorbereitungen nach einem ganz anderen Maaßstab. Es
wird wohl kaum Jemand geneigt sein, zu behaupten, daß selbst das
Beste und Höchste, was wir vermögen, über das Maaß der Auf=
gabe sehr weit hinausgehen könnte und als bloßer Luxus durchaus
zu verwerfen wäre.

Würde erwiesen, daß Preußen eine Heeresmacht, die geeignet
wäre, seine europäische Stellung wirklich und nachhaltig zu sichern,
nicht aufzubringen vermag, dann beschränkte die Alternative sich
wohl nicht darauf, daß man sich einfach mit einer wenigstens an
innerer Tüchtigkeit geringeren begnügen müsse — und auch könne,
ohne daß dies irgend etwas weiter auf sich hätte, —
wie in den vorhin angeführten Worten vorausgesetzt wird.

Die Alternative ist vielmehr, entweder die Wehrkraft des Lan=
des in solcher Weise zu steigern, daß die Selbstständigkeit des Staats,
und die Erfüllung seiner geschichtlichen Mission, durch sie, so weit
menschliche Berechnung reicht, sicher gestellt wird — oder der euro=
päischen Stellung des Staats, der Erfüllung seiner geschichtlichen
Mission zu entsagen, um selbst dessen Sicherheit von auswärtigen
Verhältnissen zu erwarten.

Denn mit ungenügenden Mitteln die Lösung einer unmögli=
chen Aufgabe unternehmen —: wozu könnte das führen? — Wer
solche Thorheit säen wollte, könnte nur unermeßliches und dazu
schmachvolles Unheil ernten.

Das „Begnügen" ist also keineswegs eine so ganz einfache,
unverfängliche Sache, bei der wir uns weiter gar nichts zu denken
hätten. Der Satz, der es empfiehlt, ist nicht so unbedingt unab=
hängig von allen weiter reichenden Rücksichten, als er gedacht
scheint.

Wer ablehnt, was er selbst als die an sich bessere Heeresver=
fassung anerkennt — und was nicht unerreichbar ist — um uns
auf einen Nothbehelf zu verweisen, der ist uns wenigstens — sofern

er uns nicht zugleich ganz unumwunden eine gewisse demüthige Resignation empfehlen will — den bestimmten Beweis schuldig, daß der vorgeschlagene Nothbehelf den Forderungen bestimmt gegebener Verhältnisse gegenüber — z. B. in der gegenwärtigen Lage Europa's — immerhin noch vollständig genüge. Wir müssen den strengen, auf wirkliche Thatsachen, wirkliche Erfahrungen gestützten Beweis von ihm fordern. Mehr oder weniger willkürlichen Vorstellungen — und wenn sie auch erhabene wären — können wir keine Geltung zugestehen, wo es sich um so gar ernste Dinge handelt, und am wenigsten natürlich dann, wenn sie der Erfahrung widersprechen.

———————

Auch noch in einer anderen, in der That besser begründeten Wendung, wurden die Vorschläge der Commission, eine Organisation, die den bisherigen Einrichtungen möglichst nahe bliebe, und dabei dadurch, daß die Dienstzeit bei der Fahne auf zwei Jahre beschränkt würde, die Ausbildung einer größeren Zahl Mannschaften bewirkte, als ein nothwendiger Ausweg empfohlen; als bedingt und gefordert durch die eigenthümlichen Verhältnisse Preußens.

Man sagte: „Nach rein militairischen Rücksichten können wir nicht zu Werke gehen, in der Weise wie Oesterreich und Frankreich kann Preußen seine Armee nicht organisiren; denn daß Oesterreich und Frankreich auf ihrem Weg so weit gegangen sind, als irgend möglich, bis zur äußersten Gränze möglicher Anstrengung ihrer Finanzen, das wird Jedermann zugeben. Ueberbieten können wir sie nicht in Anstrengungen derselben Art; will Preußen dieselben Bahnen einschlagen, so wird es, mit seinen geringeren materiellen Mitteln, nie eine Armee aufbringen können, welche denen Frankreichs oder Oesterreichs gewachsen wäre; es wird dann stets in Beziehung auf seine bewaffnete Macht weit gegen die benachbarten Großmächte zurückstehen."

Die natürliche Folgerung war, da Preußen demnach ein an Zahl und Tüchtigkeit hinreichendes Söldnerheer nicht haben könne, so müsse es, um eine Wehrkraft zu entwickeln, die seiner europäischen Stellung entspreche, eine Organisation des Heerwesens annehmen, die seiner bewaffneten Macht weniger den Charakter einer Armee von Berufssoldaten gäbe, und sie mehr als die anderer Staaten zu einer Volksbewaffnung gestalte.

In diesem Satz liegt unstreitig sehr viel Wahres. Unter welchen Gesichtspunkten man aber auch die Aufgabe betrachte, so kömmt es doch immer zuerst und vor Allem darauf an, der Wehrkraft des Landes eine Organisation zu geben, die ihre Brauchbarkeit auf dem Schlachtfelde hinreichend verbürgt. Diese Rücksicht ist und bleibt durchaus maaßgebend.

Auch auf diese Weise eingeleitet, dreht sich also der Streit keineswegs um die eben angeführten Sätze selbst, sondern darum, ob sie wirklich in den Vorlagen der Regierung verläugnet sind, wie vorausgesetzt wird — und andererseits darum, ob die Einrichtungen, welche der „Gegen-Entwurf" anräth, auch diejenigen Bürgschaften für eine ausreichende Tüchtigkeit bieten, ohne die jede Bewaffnung überhaupt eine thörichte, ja eine frevelhafte Verschwendung genannt werden müßte; ein leichtsinniges Spiel mit dem edelsten Blut der Nation und dem Schicksal des Staats.

Wenn dabei auf Frankreich, auf Oesterreichs zerrütteten Haushalt hingewiesen und die Besorgniß ausgesprochen wird, daß ein übertriebenes, unabsehbares Militair-Budget auch Preußen in ähnliche Finanz-Calamitäten verwickeln könnte, so mag es vergönnt sein, bei diesem Vergleiche einen Augenblick zu verweilen.

Daß es nur zum Unheil führen kann, wenn ein Staat, sei es in seinen Militair-Einrichtungen, sei es in irgend einer anderen Beziehung, entschieden und bleibend über seine Mittel hinausgeht, stellt niemand in Abrede. In Beziehung auf Oesterreich aber hieße es, die dort obwaltenden Verhältnisse in sehr einseitiger und beschränkter Weise beurtheilen, wenn man etwa vermeinen wollte, der finanzielle Ruin des Staats sei lediglich durch einen übermäßigen Aufwand für die bewaffnete Macht herbeigeführt worden; wenn man dann vollends noch etwa bei der Vorstellung stehen bleiben wollte, daß erst die neueste Zeit das Unheil veranlaßt habe.

Der Schaden ist weit älter und liegt viel tiefer. Der gegen=wärtige Zustand hat seine Wurzeln in den Zeiten des dreißigjähri=gen Kriegs und der Gegen=Reformation; die tiefen Wunden, die Oesterreich sich selbst geschlagen hat, um den katholischen Glauben im Inneren seiner „Erblande" wieder herzustellen, sind eigentlich nie geheilt, und der Staat krankt bis auf den heutigen Tag an den Folgen. Oesterreich vertrieb oder vernichtete damals, im Eifer für die heiligen Zwecke der Jesuiten, den besten, intelligentesten, streb=samsten Theil seiner eigenen Bevölkerung, und bemühte sich dann fort und fort in demselben Sinn, indem es Erziehung, Bildung und Literatur der Kirche unterordnete, die erwachende Intelligenz, den aufstrebenden Geist seiner deutschen Länder darnieder zu hal=ten. So konnten die von der Natur so reich gesegneten Gebiete nie zu einer vollständigen Entfaltung ihres natürlichen Reichthums gelangen. Und anderer Seits brachte es die dürftige Bildung, das herrschende, man möchte sagen byzantinisch=conservative System mit sich, daß die Verwaltung des Staatsvermögens stets in un=fähigen, und, wenigstens in den unteren Schichten, auch in unred=lichen Händen lag.

Der Staatshaushalt wurde unter den letzten Habsburgern, unter Leopold I., Joseph I., Karl VI., in der kläglichsten Weise geleitet, die Finanzen waren im tiefsten, traurigsten Verfall. Trotz größerer Ordnung unter Maria Theresia, brachten die übermäßigen Anstrengungen, welche diese Monarchin machte, um Schlesien wie=der zu gewinnen, das Unheil eines sehr unsicher begründeten Papiergeldes, von dem sich Oesterreich seither nicht wieder frei zu machen gewußt hat. Die unruhige, nach allen Seiten über die Gränzen hinaus strebende Politik Joseph's II., die Störungen im Innern, die sie hervorrief, der Aufwand, den sie erforderte, stei=gerten die Verwirrung und erschöpften die Hülfsquellen. Zu einem fast hoffnungslosen wurde alsdann der ganze Zustand dadurch, daß Oesterreich mit schon durchaus und bis auf den

2*

Grund zerrütteten Finanzen in die europäische Kri=
sis eintrat, welche die französische Revolution her=
beiführte. Diese Erschöpfung, die den großen europäischen Käm=
pfen voranging, übte natürlich einen lähmenden Einfluß auf die
Art der Kriegführung, und war nicht die geringfügigste der Ursa=
chen, die bewirkten, daß der Kampf gegen das jakobinische Frank=
reich, in den ersten Jahren, wo man seiner gar wohl hätte Herr
werden können, immer und immer mit unzureichenden Kräften ge=
führt wurde, sich eben deshalb, lahm und ohnmächtig fortgesetzt,
durch eine Reihe von Jahren zog, um zuletzt mit der gänzlichen
Niederlage Oesterreichs zu enden. Eben die lange Dauer des Krie=
ges trug dann wieder dazu bei, den finanziellen Ruin des Staats
zu vervollständigen.

Daß es der österreichischen Regierung auch während der lan=
gen Friedens=Periode nach dem Sturz Napoleon's I. wieder nicht
gelungen ist, diese Schäden zu heilen, die fortwährend an dem Le=
ben des Staats zehrten, hat dann auch seinen Grund nicht in einem
übermäßigen Aufwand der etwa für die Militair=Macht des Reichs
gemacht worden wäre — denn das ist erweislich nicht geschehen. Der
Grund. lag jetzt, wie früher, in der allgemeinen Politik, die Oester=
reichs Regierung mit nur einer kurzen Unterbrechung — unter Jo=
seph II. — seit Jahrhunderten befolgte; die den Grundbedingungen
jedes heilsamen, mächtigen Fortschritts stets ablehnend entgegen
trat, und, durch sich selbst gelähmt, die Verwaltung des National=
Vermögens einer kaum glaublichen Unfähigkeit, im Einzelnen
eben so unredlichen wie unwissenden Subalternen überlassen
mußte. —

Wenden wir nun den Blick auf Frankreich, so überzeugt uns
schon eine flüchtige Betrachtung der dort bestehenden Einrichtun=
gen, daß die preußische Heeresverfassung, auch wie sie jetzt im
Sinn der Regierungsvorlagen modificirt dasteht, so gut wie früher,
weit entfernt, ihnen nachgebildet zu sein, vielmehr einen entschiede=
nen Gegensatz zu denselben bildet.

Das jährliche Rekruten=Contingent, welches Frankreich in

Friedenszeiten regelmäßiger Weise zu stellen hat, ist seit einigen Jahren von 80 auf 100,000 Mann erhöht worden. Der französische Soldat dient den Vorschriften nach fünf Jahre ohne Unterbrechung bei der Fahne, ehe er zur Kriegsreserve entlassen wird, der er alsdann noch zwei Jahre angehört. Er kann zwar während seiner Dienstzeit in der Linie hin und wieder Urlaub erhalten, dieser darf aber im Ganzen, im Lauf der fünf Jahre, nicht mehr als drei Monate betragen.

Würde das Alles buchstäblich so ausgeführt, dann hätte Frankreich — abgesehen von dem zufälligen Abgang, der überall in Anschlag gebracht werden muß — im Frieden beständig 475,000 Mann unter den Waffen, um bei dem Ausbruch eines Krieges sofort über 700,000 Mann fertiger, geschulter Soldaten verfügen zu können.

Es hätte und unterhielte demnach im Frieden = 0,678 der Macht, die es für den Krieg vorbereitet, unter den Waffen.

Buchstäblich so verhält sich nun aber die Sache nicht, und es ist nichts weniger als leicht, die wirklichen Zahlen mit unbedingter Genauigkeit zu ermitteln.

Schon um die wirkliche Zahl der jährlich eingereihten Ersatzmannschaften genau feststellen zu können, müßte uns ein Blick in die Acten des französischen Kriegsministeriums gestattet sein. Denn die Zahl der Conscribirten wird jedesmal durch „Dispensirungen", scheinbar um etwa fünfzehn Procent vermindert. Gewisse Kategorieen sind nämlich von der Verpflichtung als Conscribirte einzutreten, wenn sie das Loos trifft, durch das Gesetz freigesprochen. Zieht ein diesen Kategorieen angehöriges Individuum bei der Rekruten-Aushebung ein Loos, das ihn zum Soldaten bestimmt, so wird er „dispensirt", d. h. seine Dienstpflicht wird ihm nicht erlassen, sondern es wird angenommen, er habe sie bereits geleistet. Deshalb braucht die Gemeinde, der er angehört, auch keinen anderen Mann für den Dispensirten zu stellen; dieser wird vielmehr auf das Contingent der Gemeinde in Abrechnung gebracht; auch die Verpflichtung der Gemeinde ist durch ihn bereits erfüllt.

So eigenthümlich das auf den ersten Blick erscheint, so natür=
lich wird man es finden, sobald man frägt, wer es denn eigentlich
ist, der das Recht auf Dispensirung in Anspruch nehmen darf. Da
stehen die Offiziere der Land= und Seemacht, die in activem Dienst
sind, ganz oben an; es folgen die Individuen, die als Matrosen
von Gewerbe in die Listen der See=Präfecturen eingetragen und
zum Dienst auf der Flotte verpflichtet sind; die eigentliche Masse
aber bilden diejenigen, die bereits als Freiwillige in den Reihen
des Heeres dienen. Diese Letzteren machen mindestens neun Zehn=
theile der Gesammtzahl aller Dispensirten aus.

Wir sind demnach wohl berechtigt, die Verminderung des
Jahres=Contingents, die sich auf diese Weise ergiebt, eine scheinbare
zu nennen. Eine wirkliche kann sich nur ergeben, insofern Matrosen
durch das Loos getroffen werden, oder Mitglieder des Lehrer=
Standes. Diese Letzteren haben aber, wie sich von selbst versteht,
das Alter der Conscription in der großen Mehrzahl bereits weit
hinter sich, so daß in dieser Kategorie das Gesetz nur in Beziehung
auf die Zöglinge der Schullehrer=Seminarien und auf die Novizen
derjenigen Mönchsorden, die sich dem Volksunterricht widmen, zu
wirklicher Anwendung kömmt.

Außerdem befreit sich noch eine Zahl Conscribirter, die der=
jenigen der Dispensirten mindestens gleich kömmt, dadurch vom
wirklichen Dienst, daß sie einen Ersatzmann, einen »remplaçant«
stellen. Das wird in Frankreich »exonération« genannt. Das
Jahres Contingent erfährt aber dadurch, wie von selbst einleuchtet,
keine Verminderung. — Ehemals überließ es die Regierung jedem,
der sich frei machen wollte, selbst, einen tauglichen Ersatzmann
zu finden, und er stellte dann gewöhnlich einen ungeschulten Re=
kruten. Jetzt läßt sich die Regierung für die Exoneration einfach
eine Summe Geldes zahlen, und übernimmt es dafür, selbst den
Ersatzmann anzuwerben. Sie wählt diesen mit Umsicht stets unter
den alten Soldaten, die ihre siebenjährige Dienstzeit — ja vielleicht
eine doppelte — bereits durchgemacht haben; unter den Leuten,
denen das Soldaten = und Lagerleben Bedürfniß, das Waffen=

Handwerk Lebensberuf geworden ist, die den Kreisen des bürger=
lichen Lebens durchaus entfremdet sind.

Eine Folge dieses Verfahrens, die man vielleicht nicht hinrei=
chend beachtet hat, ist unter anderen die, daß sich auch die Zahl der
unabhängig von der Conscription freiwillig eintretenden Rekruten
sehr bedeutend vermehrt hat. Wer Lust zum Waffenhandwerk hat
und seinen Lebensberuf daraus machen wollte, fand sonst leicht
Gelegenheit, sich als Ersatzmann — unter Umständen für eine be=
deutende Summe — dingen zu lassen, und zählte dann mit im
Jahres=Contingent. Jetzt muß er einfach als Freiwilliger eintreten,
und steht außerhalb des Jahres=Contingents, insofern ihn nicht
nachträglich auch noch das Loos trifft, was natürlich bei Weitem
nicht immer geschieht.

Im Ganzen stehen durchschnittlich jedes Jahr etwa 32,000
Dispensirten und Exonerirten 40,000 Wiederangeworbene und
Freiwillige gegenüber, so daß der Regierung schließlich einige tau=
send Mann mehr zur Verfügung stehen, als das Jahres=Contin=
gent beträgt.

Theils deshalb, theils auch aus Sparsamkeit, wurde früher,
namentlich unter Ludwig Philipp, meist nicht das ganze Jahres=
Contingent wirklich einberufen. Mehrere tausend Mann blieben
als blos designirte Soldaten in ihrer Heimat, und sieben Jahre
lang zur Verfügung der Regierung. Sie waren aber nicht in dem=
selben Sinn wie die nach fünf vollbrachten Dienstjahren Entlasse=
nen eine „Kriegs=Reserve" zu nennen; ihre ideelle Aushebung
gewährte keinen Vortheil weiter, als daß man nicht lauter ganz
junge Leute zu nehmen, nicht einen besondern Jahrgang der jungen
Mannschaft über Gebühr in Anspruch zu nehmen brauchte, wenn
sich im Lauf der siebenjährigen Periode das Bedürfniß eines unge=
wöhnlich zahlreichen Ersatzes einstellte. Natürlich kamen diese „De=
signirten", wenn später einberufen, gleich jüngeren Conscribirten,
als ungeübte Rekruten zur Fahne.

Napoleon III. fand, wie es scheint, eine solche ideelle Reserve
im Zusammenhang mit seinen Planen nicht genügend. Er wollte

eine möglichst zahlreiche Kriegs=Reserve von wirklich geschulten Soldaten haben. Demgemäß wird nach den jetzt geltenden Vor= schriften sofort nach der Aushebung das ganze Jahres=Contingent wirklich zu den Regimentern einberufen. Insofern in diesen nicht für alle Platz wäre, soll, — um die Gränzen des Militair=Budgets nicht überschreiten zu müssen, — der Raum dadurch geschafft werden, daß eine entsprechende Anzahl Mannschaften, die ihre fünfjährige Dienstzeit noch nicht vollendet haben, vermöge eines »congé anti- cipé« zur Reserve entlassen werden. — Doch nur Leute, die min= destens zwei Jahre wirklich in Reihe und Glied gedient haben. Uebrigens kündigt sich die Maaßregel überhaupt als eine tempo= räre an.

In wie weit kömmt sie nun wirklich zur Ausführung? — Das ist nicht ganz leicht zu ermitteln. Da Frankreich stets vorgiebt, nicht im Entferntesten gerüstet zu sein, darf man selbst den Angaben des Moniteurs nicht unbedingt trauen — und es scheint fast, als wäre es Absicht, die Beobachtung selbst an Ort und Stelle schwierig, die Berechnung des Effectiv=Stands der Armee unsicher zu machen. Die Compagnieen haben je nach der Verwendung der Regimenter in Algerien — im Lager bei Chalons — zu Paris, zu Lyon, oder in den übrigen Garnisonen einen verschiedenen Stand. Ja bei einem und demselben Bataillon im Innern des Landes wechselt der Effectiv=Stand der Compagnieen mitunter mehrere Male im Lauf eines Jahres.

Im Jahr 1857, ein Jahr nachdem das Jahres=Contingent auf 100,000 Conscribirte erhöht worden war, zu einer Zeit, die wenigstens den Anschein einer durchaus friedlichen hatte, betrug der Effectiv=Stand der französischen Armee — freilich ungefähr 20,000 Gensdarmen mitgerechnet — in runder Zahl 409,000 Mann. Dann mußten aber, wenn man die Streitkräfte Frankreichs berechnen wollte, auch noch ungefähr 19,000 Mann Landtruppen mitgezählt werden, die, ebenfalls aus der Conscription ergänzt, zu dem Ressort des See=Ministeriums gehören —: Marine=In= fanterie u. s. w. — Sie sind wirklich eine reine Landmacht, die nicht etwa zu einem Dienst auf den Schiffen, sondern dazu bestimmt ist, die Besatzung der Seefestungen, Toulon, Brest, Cherbourg u. s. w. — und die der Colonieen, die unter dem See-Ministerium stehen, zu bilden.

Seitdem ist der Effectiv-Stand des Heeres, trotz der von Zeit zu Zeit verfügten Entlassungen par anticipation, um ein sehr Bedeutendes gestiegen. Nach einer sehr zuverlässigen Notiz, die vor uns liegt, betrug er im März 1860, nachdem alle Kriegsreserven entlassen, alle Schaaren auf den Friedensfuß zurückgeführt waren, nicht weniger als 430,000 Mann. Es war die Rede davon, 50,000 Mann par anticipation zu entlassen, und das war auch wohl nöthig, um für die Conscribirten dieses Jahres Raum zu schaffen. Ist es geschehen, so wird die neu ausgehobene Ersatz-Mannschaft den Effectiv-Stand auf ungefähr 460,000 Mann gesteigert haben, und dazu sind dann noch die auf etwa 23,000 Mann verstärkten Landtruppen zu rechnen, über welche das See-Ministerium verfügt.

Die 1859 verfügte Aushebung von 140,000 Mann hat demnach trotz aller Verluste, die der Krieg herbeiführte, den Effectiv-Stand selbst über das Maaß hinaus verstärkt, das wir oben berechneten. Ein solches Ergebniß scheint uns auch nicht schwer zu erklären. Es hat seinen Grund ohne Zweifel großentheils darin, daß die Verluste im Feld vorzugsweise die älteren Klassen trafen, die der Entlassung nahe standen, sowie die einberufenen Kriegsreserven — die junge Mannschaft aber, die noch in den Depots und in den vierten Bataillonen geschult wurde, gar nicht berührten. Diese ist in ihrer Vollzähligkeit weit mehr als ein Ersatz für den nach dem Frieden entlassenen Jahrgang.

Betrachten wir nun dagegen die Preußische Armee nach der Reform. Es sollen jährlich 63,000 Rekruten eingestellt werden, und stets drei Jahrgänge, mithin 189,000 Mann bei den Fahnen vereinigt sein. Die Dienstpflicht in erster Linie im Feld, aber von 12 Jahren — dem früheren Maaß der Verpflichtung in Linie und erstem Aufgebot der Landwehr — auf 8 Jahre be-

schränkt. Vermöge dieser Einrichtungen gewinnt Preußen eine
Masse von 504,000 geschulten Kriegern, über die es im Augen=
blick eines Krieges verfügen kann, und dazu kommen dann noch
252,000 Mann Landwehren — die Altersklassen vom 29. bis
zum 32. Jahr — als Reserve=Armee. Selbst ganz abgesehen von
diesen erhält also Preußen im Frieden nur = 0,375 der Mann=
schaften, über die es für den Fall eines Krieges verfügen kann,
unter den Waffen. — Den zufälligen Abgang, der sich immer er=
giebt, berücksichtigen wir hier natürlich so wenig, als in Beziehung
auf die französische Armee.

Wollte man nun auch annehmen, die französische Regierung
werde in ruhigen Zeiten, wie sie uns für jetzt leider sehr fern liegen,
den Effectiv=Stand des Heeres soweit vermindern, daß er, selbst
das Offizier=Corps mit eingerechnet, nur = 0,650 des Kriegs=
fußes betrüge, der Effectiv=Stand der preußischen Armee im Frie=
den würde dagegen durch Hinzurechnung des Offizier=Corps und
freiwilliger Capitulanten bis nahe an 200,000 Mann gesteigert,
und betrüge = 0,390 der Streiterzahl, die im Augenblick des
Krieges verfügbar wird, so zeugten auch diese Zahlen — bei denen
die Landwehr stets außer Rechnung bleibt — für den Gegensatz,
den die Wehrverfassungen der beiden Reiche bilden.

Zu demselben Ergebniß führt eine Vergleichung des finanziel=
len Aufwandes, der in beiden Ländern für das Heer gemacht wird.
Das jährliche Militair=Budget Frankreichs beträgt nahe an ein
Hundert Millionen — und den Aufwand für die Landmacht, die
unter den Befehlen des See=Ministeriums steht, mitgerechnet, —
bedeutend über ein Hundert Millionen Thaler. Mit diesem Auf=
wand erkauft Frankreich die Möglichkeit, 700,000 geübte Krieger
aufzubieten. Die preußische Wehrverfassung stellt der Regierung,
vermöge eines jährlichen Aufwands von vierzig Millionen Tha=
lern, 504,000 geschulte Soldaten zur Verfügung.

Man darf sagen: die französische Armee steht schon im Frieden
fertig da; sie wird nur verstärkt in dem Augenblick, wo sie in das
Feld rückt.

Das preußische Heer, wie es im Frieden dasteht, ist auch in seiner jetzigen Verfassung immer nur Waffen-Schule für die wehrhafte Jugend des Landes, und der feste Rahmen, der sie im Fall des Krieges aufnehmen soll. Der eigentliche Körper des Heeres wird aber wesentlich erst im Augenblick der Mobilmachung durch die einberufenen Mannschaften gebildet.

Noch ein Punkt darf dann auch nicht übersehen werden, wenn man den Charakter der heutigen französischen Armee vollständig und richtig würdigen will. Der sehr wichtige Umstand nämlich, daß sich unter den 100 bis 105,000 Mann, die jährlich dem Heer zuwachsen, 35 bis 40,000 reine Berufs-Soldaten befinden. Etwa zur Hälfte alte Soldaten, die sich nach vollendeter Dienstzeit als Stellvertreter neu anwerben lassen, zur anderen Hälfte junge Leute, die sich als Freiwillige stellen, eben um sich von dem bürgerlichen Gewerbe loszusagen und das Waffenhandwerk als Lebensberuf zu wählen.

Unter den 450,000 Mann, die Frankreich, mäßig gerechnet, im Frieden unterhält, befinden sich demnach jedenfalls bedeutend mehr als 200,000 Berufs-Soldaten — Landsknechte — zünftige Söldner. Der kriegerischen Tüchtigkeit der Armee thut das wahrlich keinen Eintrag, aber wenn man hinzurechnet, daß die Regierung die Regimenter grundsätzlich in beständiger Bewegung erhält und nirgends lange verweilen läßt, damit sie sich nirgends einbürgern; ferner, daß in den höheren Ständen so ziemlich ein jeder junge Mann, der bestimmte politische Grundsätze hat, sich vom Dienst in der Armee entfernt hält, daß in Folge dessen die Armee zur Zeit nur sehr wenige Offiziere zählt, die irgend namhafte Verbindungen oder Interessen im Lande hätten; daß endlich die Offiziere in den Garnisonstädten so ziemlich vollständig von der Gesellschaft ausgeschlossen und auf ein Leben unter sich angewiesen sind —: da wird man ungefähr ermessen können, in welchem Verhältniß das heutige französische Heer zum Land steht.

Während diese Armee in solcher Weise zu einem Drittheil aus Berufssoldaten besteht, geht Preußens bewaffnete Macht dagegen stets neu aus der Blüthe seiner Bevölkerung hervor; sie ist „das Volk in Waffen".

Daß die eigenthümlichen Verhältnisse Preußens auch in seiner gegenwärtigen Heeresverfassung allerdings sehr bestimmt berück=sichtigt sind, scheint uns demnach nicht zu verkennen. Der Grund=satz, daß Preußen darauf angewiesen ist, einen verhältnißmäßig geringeren finanziellen Aufwand zu machen, als z. B. Frankreich, und den Ersatz in der Intelligenz, der Tüchtigkeit und dem Ge=meinsinn seiner Bevölkerung zu suchen, ist in dieser Organisation keineswegs verläugnet.

Es sei vergönnt hinzuzufügen, daß uns die preußischen Ein=richtungen keineswegs blos im Licht eines Nothbehelfs erscheinen. Wohl uns und dem Vaterlande, daß es ein Heer haben kann, das im besten Sinn des Worts ein nationales genannt werden darf!

---

In dem „Gegen=Entwurf", in welchem die bisher be=sprochenen Argumente, wie gesagt, mit Stillschweigen übergangen sind, wird die zweijährige Dienstzeit und das ganze System, welches die stimmführenden Mitglieder der Militair=Commission, den Spuren des Gen. v. Willisen folgend, daran geknüpft haben, auch nicht blos als ein immerhin ausreichender, durch die Ver=hältnisse Preußens gebotener Nothbehelf, oder auch nur vorzugs=weise als ein solcher angerathen. Dieses System wird vielmehr in dem Bericht der Commission wie in der Flugschrift des Generals, als das an sich bessere empfohlen; es wird auf entschiedene posi=tive Vortheile hingewiesen, die es angeblich gewährt.

Hierbei verwickelte man sich indeß, wie uns schien, in unlös=bare Widersprüche, indem man abwechselnd gerade entgegengesetzte Vortheile geltend machte, die zu erwarten seien.

Einmal wurde gesagt, eine zweijährige Dienstzeit bei der Infanterie gestatte jedes Jahr um die Hälfte mehr Rekruten bei den Regimentern einzustellen und für den Kriegsdienst auszubil=den, und werde mithin die Wehrkraft des Landes massenhaft steigern.

Und dann wurde wieder geltend gemacht: eine zweijährige Dienst=
zeit, die stets nur zwei Jahres=Contingente bei der Fahne vereinigt
halte, vermindere den Präsenzstand der Bataillone im Frieden um
ein Drittheil — und folglich die Verpflegungskosten der Mann=
schaft um eben so viel.

Wer gewahrt nicht auf den ersten Blick, daß jede dieser Ver=
heißungen die andere ausschließt!

Gen. v. Willisen hebt in seiner Flugschrift vorzugsweise —
oder vielmehr ausschließlich — jene erstere Seite des Systems mit
Nachdruck hervor, und verlangt die kürzere Dienstzeit, damit eine
größere Menge junger Leute durch die militairische Schule gehen
könne. Er sagt: „Wenn es aber unabweisbar ist, sich eines der
ersten Bedürfnisse aller Kriegsführung zu versichern, der Zahl
nämlich, der Masse, wie man es in der Kunstsprache bezeichnet, so
darf dagegen wohl ein so zweifelhaftes Gut, wie die etwas bes=
sere Ausbildung in dieser oder jener Fertigkeit entschieden zurück=
treten. Dürfte es Jemanden geben, der nicht lieber 300,000 Mann
haben wollte, die nur 2 Jahre gedient haben, als nur 200,000
mit 3jähriger Dienstzeit? und so und nicht anders heißt
doch die Aufgabe, die gestellt wird, die Wahl, welche
zu treffen ist.“

Genau dieselbe Ansicht wurde kürzer in die Frage zusammen=
gefaßt: ob 300,000 Mann, die zwei Jahre gedient haben, nicht
besser seien, als 200,000, auf deren militairische Ausbildung drei
Jahre verwendet worden wären?

Es ließe sich auch darüber streiten. Wir könnten wenigstens
bedeutsame Erfahrungen und gewichtige Zeugnisse dafür beibringen,
daß die Zahl nicht so ganz unbedingt ein mehr als hinreichender
Ersatz für eine genügende Ausbildung des Soldaten, und eine feste
Organisation der Schaaren sei. Wir könnten dergleichen schon aus
dem klassischen Alterthum beibringen.

Schon Vegez sagt: »In omni autem praelio non tam mul-
titudo et virtus indocta, quam ars et exercitium solent praestare
victoriam. «

Doch wir würden, wenn die Frage erschöpfend erörtert werden müßte, sehr gern auf Zeugnisse und Erfahrungen aus der aller= neuesten Zeit übergehen, und uns auf solche beschränken. Die Aus= beute würde sehr reich ausfallen.

In der sardinischen Armee z. B. ist das sogenannte Cadres= System bekanntlich auf die Spitze getrieben. Der Soldat dient nur 14 Monate bei der Fahne und wird dann zur Reserve entlas= sen. Die schwachen Friedensstämme werden erst im Augenblick, wo Kriegsbereitschaft eintritt, durch eine überwiegende Anzahl einbe= rufener Reservisten zu wirklichen Bataillonen verstärkt. Der öster= reichische Feld = Zeugmeister Schönhals sieht sich durch die 1848 und 1849 gemachten Erfahrungen veranlaßt, von der Armee König Carl Albert's zu sagen: — „dem piemontesischen Heer gingen trotz des blendenden Aeußeren doch die Haupttugenden des Soldaten ab, nämlich eine strenge Disciplin, der blinde Gehor= sam, der nie nach dem Warum fragt, die Liebe des Soldaten zu seinem Regiment und seiner Fahne, und endlich das freundliche, innige Band, das Soldat und Führer mit einander verknüpft. Der Mangel dieser Soldatentugenden lag in dem den preußischen In= stitutionen nachgebildeten Conscriptionssystem. Es ist wahr, der Italiener ist schnell zum Soldaten abgerichtet, das heißt, er lernt in verhältnißmäßig kurzer Zeit exerciren, marschiren und manö= vriren, aber darum ist er noch kein Soldat, er hat noch keinen echten Soldatengeist eingesogen; dazu bedarf der Italiener und, wir be= haupten, auch der Deutsche mehr als 14 Monate. Das Bestreben kleiner Staaten, große Armeen zu erhalten, die mit ihren sonstigen Kräften zur Mißverhältniß stehen, erzeugt immer solche unstichhal= tige Theorieen.

„Hätte Carl Albert eine aus alten tüchtigen Soldaten be= stehende Armee von 50,000 Mann statt der 140,000 Mann, die er beim Wiederbeginn des Feldzuges von 1849 auf die Beine ge= bracht, uns entgegengeführt, er würde keine solchen Niederlagen erlitten haben.“

Will man das Urtheil eines Oesterreichers über die piemon=

tesische Armee, als ein vielleicht befangenes, nicht unbedingt gel=
ten lassen, so können wir das eines verständigen piemontesischen
Offiziers daneben stellen, der ebenfalls die beiden Feldzüge mit=
gemacht hatte. Wir lassen den Bruder des Ministers Pinelli
sprechen. Der ermahnt am Schluß seines Werkes sehr ernstlich,
man müsse künftig den Soldaten gehörig ausbilden, ehe man in
das Feld rücke; sonst werde man sich immer wieder in derselben
Lage befinden, wie 1848 und 1849; „das heißt in der Lage, Hau=
fen bewaffneter Landleute zu haben, aber nicht disciplie=
nirte und auf die Beschwerden eines Kriegs vorbereitete Solda=
ten." (D'aver cioè turbe di contadini armati, ma non soldati
disciplinati ed induriti alle fatiche della guerra.)

Man kann nicht sagen, daß der Gang der Ereignisse in dem
Krieg, von dem sie sprechen, dem Urtheil beider Herren wi=
derspräche.

Aber auch in der Schrift des Generals v. Willisen selbst findet
sich eine Stelle, durch welche der zuvor so entschieden ausgesprochene
Satz, daß die Zahl der Uebung unbedingt vorzuziehen sei, denn
doch eine nicht unerhebliche Einschränkung erfährt.

Da lesen wir: „Nichts ist einfacher, als daß, wenn alles
Andere gleich ist, die Zahl der Streiter jedesmal den Aus=
schlag geben wird. 20,000 Mann werden 30,000 Mann auf die
Länge nicht widerstehen können, wenn sie etwa nicht besser geführt,
besser bewaffnet, besser geschult oder tapferer sind."

Wir hätten demnach jedenfalls den Beweis zu fordern, daß
eine etwas eilige Ausbildung des Soldaten während einer kurz
zugemessenen Dienstzeit genügt, nicht nur als Schulzeit, son=
dern auch, um die Disciplin hinreichend zu begründen; und zwar,
daß sie nicht etwa blos nach einem abstracten, mehr oder weniger
willkürlich angenommenen Maaßstab genügt, sondern der bestimm=
ten Aufgabe, dem bestimmten Feinde gegenüber, mit dem wir uns
zu messen haben; daß die vorgeschlagene Organisation genügt, uns,
wie der General selbst verlangt, auf dem Fuß der Gleichheit mit
diesem Gegner zu erhalten, und nicht der Gefahr aussetzt, auf einen

„beſſer geſchulten" Widerſacher zu treffen, und zu unſerem Schaden
zu erfahren, daß wir ihm nicht gewachſen ſind.

Die einfache, ohne allen Beweis hingeſtellte Vorausſetzung,
daß allen dieſen Forderungen entſprochen ſei, reicht nicht hin.
Auch können wir es nicht für einen genügenden Beweis gel=
ten laſſen, wenn der General z. B. anführt, nach dem Urtheil
Napoleon's ſei die preußiſche Infanterie 1813 die beſte in den
Heeren der Verbündeten geweſen, die öſterreichiſche dagegen er=
bärmlich; und doch habe dieſe Letztere aus Mannſchaften beſtan=
den, auf deren militairiſche Ausbildung nicht etwa zwei oder drei —
ſondern ſechzehn Dienſtjahre verwendet worden ſeien. Wir können
das nicht gelten laſſen, weil die öſterreichiſche Infanterie — nach
den Verluſten des Jahres 1809 — und beſonders nach den Ein=
ſchränkungen, welche die finanzielle Lage des Reichs während des
Friedens nothwendig gemacht hatten, nachdem der Präſenzſtand
der Bataillone, der auf dem Kriegsfuß über 1200 Mann betragen
ſollte, im Frieden auf 300 — zum Theil, nämlich bei den dritten
Bataillonen der Regimenter, ſogar auf 200 Mann beſchränkt wor=
den war, in der That im Jahr 1813 nicht aus Leuten beſtand, die
ſechzehn — oder drei — oder auch nur zwei Jahre gedient hatten,
ſondern, der Maſſe nach, aus ſehr jungen Rekruten.

Indeß, wie viel mithin noch zu erörtern bliebe, wir können
uns die Unterſuchung, inwieweit und innerhalb welcher Grän=
zen die größere Zahl die Vortheile einer beſſeren Ausbildung
und feſteren Organiſation aufwiegt oder nicht, an dieſer Stelle
wohl erſparen, da die Militair=Commiſſion in ihrem Gegen=Ent=
wurf und ſeiner Motivirung den Anſpruch, etwa eine größere An=
zahl Mannſchaften auszubilden, als bei dreijähriger Dienſtzeit mög=
lich wäre, vollſtändig fallen läßt, ohne dieſen Punkt weiter aus=
drücklich zu berühren. Sie beſchränkt ſich darauf, ihr Vorſchläge
aus Gründen der Sparſamkeit zu empfehlen, und hat, wie wir
ſehen werden, ihre guten Gründe, auf jene andere Seite der Frage,
— auf die 300,000, die beſſer ſein ſollen als 200,000 — gar nicht
einzugehen.

Die Militair-Commiſſion erzählt uns, daß in ihren Bera=
thungen „neben dem militairiſchen und nationalen Intereſſe", das
ſich an die Organiſation im Allgemeinen knüpfte, bei Erwägung
der zwei= oder dreijährigen Dienſtzeit, insbeſondere „der finanzielle
Geſichtspunkt mit allem Gewicht in den Vordergrund getreten" ſei.
„Eine ganz einfache Berechnung" — ſagt der Bericht — lieferte
das Ergebniß, daß, wenn bei der Infanterie jährlich circa 40,000
Rekruten eingeſtellt werden, für eine dreijährige Dienſtzeit ein
Präſenzſtand von 120,000 Mann, für eine zweijährige nur von
80,000 Mann folgt, und da jeder Mann der Infanterie der
Staatskaſſe alljährlich 73 Rthlr. 7 Sgr. 2 Pf. koſtet, ſo er=
wächſt aus der Annahme der zweijährigen Dienſtzeit bei der In=
fanterie allein ſchon ein jährliches Erſparniß von etwa 3 Millionen."

Auf dieſe Berechnung geſtützt, entwirft dann die Commiſſion
einen Plan, dem zufolge jährlich nur genau eben ſo viele Rekruten
einberufen würden, als nach dem Entwurf der Regierung, aber nur
zwei Jahre bei der Fahne zu dienen hätten, ehe ſie in das Reſerve=
Verhältniß übertreten. Auf dieſe Weiſe ſollen an dem Präſenzſtand
eines jeden Regiments 390, an dem der geſammten Infanterie
31,590 Mann und ein Bedeutendes, wenn auch nicht in demſelben
Verhältniß, an den Koſten erſpart werden.

„Einfach" iſt die Berechnung allerdings, aber es handelt ſich
nun doch, wie geſagt, nicht mehr um die 300,000 Mann, die beſ=
ſer ſind als 200,000. Die Frage iſt nun ganz einfach, ob 200,000
Mann, die nur zwei Jahre dienen, beſſer ſind, als eine gleiche Zahl
Soldaten, die drei Jahre gedient haben, wie das der officielle Be=
richt der Commiſſion anzudeuten ſcheint; — oder ob eine zwei=
jährige Dienſtzeit, die nicht mehr Leute ausbildet, als nach den
Entwürfen der Regierung eine dreijährige, wenigſtens als Noth=
behelf überhaupt, und dann namentlich in der beſonderen Lage
Preußens, wirklich genügt — da ſich jener erſte etwas abenteuer=
liche Satz denn doch nicht wohl im Ernſt vertheidigen läßt.

Trotz aller Bemühungen, der Frage ein anderes Anſehen zu
geben, handelt es ſich doch immer nur darum, ob die Erſparniſſe,

welche die Commiſſion im Auge hat, nicht der Tüchtigkeit des Heeres in bedenklicher Weiſe Eintrag thäte und Gefahren mit ſich brächte, die nicht mit Stillſchweigen übergangen werden dürfen.

———————

Nachdem wir geſucht haben uns von der Bedeutung der all= gemeinen Vorfragen Rechenſchaft zu geben, können wir nunmehr auf die einzelnen Beſtimmungen des „Gegen=Entwurfs" eingehen, um zu ermitteln, ob ſie die unerläßlichen Bürgſchaften gewähren. In dieſen Beſtimmungen treten uns die Vorſchläge des Gene= rals v. Williſen in nur wenig, nicht in ihrem Grundprinzip, ſondern eigentlich nur in Beziehung auf die Zahlenverhältniſſe, veränderter Geſtalt entgegen. Die Schüler haben ſich nur inſo= weit Hand an den Plan des Meiſters zu legen erlaubt, als dies durchaus nöthig ſchien, um ihn ausführbar zu machen.

Nach Herrn v. Williſen ſollte jedes vorhandene Linienbatail= lon zu einem Regiment erweitert werden, — mit Ausnahme der vormaligen Reſerve=Regimenter jedoch, wie ſich im Verlauf der Darſtellung ergiebt.

Jedes Regiment beſteht nach ſeinem Plan aus zwei Füſilier= Bataillonen, die im Frieden wirklich formirt und vorhanden ſind, und einem ideellen Grenadier=Bataillon, für das im Frieden auch nicht einmal ein Rahmen vorbereitet iſt, das — in auffallendem Widerſpruch mit dem Hauptgrundſatz des Verfaſſers — im Augen= blick des Krieges erſt gebildet werden ſoll. — Außerdem hat ein jedes Regiment noch ein zweites ſolches Grenadier=Bataillon, das zum Beſatzungsdienſt beſtimmt iſt.

Die Leute dienen angeblich 2 Jahre bei der Fahne — d. h. ſie müßten zum Theil 1½ zum Theil 2½ Jahre dienen — und bleiben im Ganzen 8 Jahre lang zu dem Dienſt in den Füſilier= Bataillonen verpflichtet; dann treten ſie in die Grenadier=Bataillone über; d. h. in die Landwehr erſten Aufgebots. Dieſer gehören ſie noch weitere fünf Jahre an, alſo bis zum vollendeten dreiund= dreißigſten Jahr. — Nachdem der General v. Williſen als einen

der Hauptmängel unserer früheren Militairverfassung hervorgeho=
ben hat, daß sie die verpflichtete Mannschaft zu lange für den
Dienst im Felde in Anspruch nimmt; zu weit in das Lebensalter
hinein, in welchem der Mensch gewöhnlich feste Verhältnisse grün=
det, nämlich bis zum vollendeten zweiundbreißigsten Jahr, hat diese
Bestimmung gewiß etwas Ueberraschendes.

Drei solcher Regimenter (9 Bataillone) bilden eine Brigade,
vier Brigaden ein Armee=Corps. Dieses zählte also, das Reserve=
Regiment von 3 und ein Jäger=Regiment von 2 Bataillonen mit=
gerechnet, 41 Feldbataillone; wie General v. Willisen rechnet, das
Bataillon zu 700 Mann, im Ganzen 28700 Feuergewehre.

Da aber die Compagnie außer den 175 Gemeinen auch noch
1 Feldwebel, 11 Unteroffiziere und 10 freiwillige Capitulanten
haben soll, beträgt die Combattanten=Zahl eines Bataillons in der
That — ohne die Offiziere — 785 Mann, und die gesammte
Infanterie des Armee=Corps ergiebt 32,185 Mann; oder, da die
Grenadier=Bataillone die Capitulanten nicht haben sollen, und ein
Ersatz für dieselben nirgends angedeutet ist, diese Bataillone mit=
hin um 40 Mann jedes schwächer ausfallen müßten, als die der
Füsiliere, 31,565 Mann.

Vorausgesetzt, daß die Grenadier=Bataillone, die, wie aus=
drücklich gesagt wird, im Frieden gar kein Offizier=Corps haben
sollen, denn doch wenigstens jedes einen Commandeur und einen
Adjutanten haben, die schwerlich zu entbehren sein möchten, zählte
das Offizier=Corps 558 Köpfe.

Der Präsenzstand im Frieden betrüge, ohne die Offiziere,
während der sechs Winter=Monate 10,100, während des Sommer=
halbjahrs 14,580, während der Uebungszeit 21,980 Mann.

Es würden jährlich 4480 Rekruten eingestellt. Bei allen neun
Armee=Corps also 40,320. — Wir sprechen hier wie überhaupt
natürlich blos von der Infanterie.

. Die Grenadier=Bataillone sollen jährlich nur einmal, unter
Offizieren, die von den Füsiliern dazu commandirt werden, zu
einer acht= bis zehntägigen Uebung zusammentreten.

3 *

Wie die Schrift des Generals v. Willisen besagt, hätte das Armee=Corps dann auch noch achtzehn zweite Grenadier= (Land= wehr=) Bataillone zum Besatzungsdienst. Hier scheint aber ein Irrthum, wenn nicht vielleicht ein Druckfehler vorzuliegen; denn nach dem Schema können die 14 Regimenter doch nur 14 solche Bataillone haben.. Wo die 4 anderen herkommen sollten, ist nicht zu ersehen.

Unabhängig von dergleichen zufälligen Versehen und größerer Beachtung werth scheint das Folgende:

Nach den Lehren des Generals gilt es vor allen Dingen, sich im Kriege den Vortheil der Zahl zu sichern; er wiederholt mehr= fach, eben deshalb müsse die Organisation des Heeres darauf an= gelegt sein, im Frieden die größte mögliche Zahl Mannschaften für den Waffendienst auszubilden. Er tadelt es mit Recht als einen der hauptsächlichsten Mängel der früheren Militair=Verfassung, daß sie viel zu wenig Rekruten einzustellen gestatte, und viel zu wenig Leute ausbilde; daß eben dadurch ein sehr großer Theil der männlichen Jugend ganz von dem Militair=Dienst befreit bleibe, der Theil derselben aber, der in die Reihen des Heeres eintreten müsse, dagegen bei weitem mehr als billig in Anspruch genommen werde — bis in ein Lebensalter, wo die Verpflichtung eine sehr drückende werde.

Was er darüber sagt, ist sehr treffend, und wir können es nur mit voller Ueberzeugung unterschreiben. Er spricht von dem „schwe= ren Druck", den die bisherigen Verhältnisse herbeiführen, so oft ein „vermehrter Truppenbedarf eintritt" — und Reservisten oder Landwehrmänner einberufen werden müssen — und der besonders bei einer allgemeinen Mobilmachung am fühlbarsten hervortrete. Er fährt fort: „Dieser Druck aber wird besonders dadurch so em= pfindlich, daß eine Menge älterer und verheiratheter Leute einge= zogen werden müssen, während andere, obgleich jünger und unver= heirathet, zu Hause bleiben. Es trifft also die neue Last die, welche schon die frühere, das Dienen überhaupt getragen haben, und zwar nicht obschon sie jene erste Last, sondern gerade weil sie sie getragen haben, und die Anderen bleiben frei, nicht obschon sie erst verschont wurden, sondern weil sie erst verschont geblieben, deshalb bleiben sie es wieder. Jene müssen dienen, weil sie gedient haben, und diese bleiben frei, weil sie frei geblieben sind."

Sehr wahr! General von Willisen läßt sich sogar durch ein lebhaft angeregtes Gefühl bestimmen, die etwas harte Be= merkung hinzuzufügen: es lasse sich kaum etwas Irrationelleres denken.

Nun ist ermittelt worden, daß im preußischen Staat jedes Jahr füglich, selbst wenn alle billigen Rücksichten genommen wer= den, mindestens 63,000 junge Leute für das Heer ausgehoben wer= den können, und wahrscheinlich ist selbst damit die Zahl der jähr= lich heranwachsenden Mannschaft nicht erschöpft.

Nach den Vorschlägen des Generals könnten nun aber doch trotz der Vervielfältigung der Cadres, der Regimenter und Ba= taillone, trotz einer in der That ganz unverhältnißmäßigen Steige= rung des finanziellen Aufwandes, den die Ausführung seines Ent= wurfs nöthig machen würde, nur etwa um ein Viertheil mehr Rekruten als nach den bisherigen Einrichtungen jährlich zu drei= jährigem Dienst einberufen werden, theils zu einer anderthalbjäh= rigen — d. h. ganz gewiß ungenügenden — theils zu einer zwei und einhalbjährigen Waffenschule in die Regimenter eingereiht werden, d. h. im Ganzen etwa 50,000.

Bei der Infanterie insbesondere 40,000 Mann, von denen 20,000 nur anderthalb Jahre bei der Fahne blieben; um 3000 bis 4000 Mann weniger als nach den Absichten der Regierung in einem jeden Jahrgang zu dreijähriger Dienstzeit einberufen werden.

Wir bleiben also mit diesen Vorschlägen trotz allen Aufwan= des weit vom Ziel, weit von der massenhaften Ausbildung der Jugend zum Waffendienst, um derentwillen der General eigentlich die zweijährige Dienstzeit empfiehlt.

Er meint die gerechten Klagen über den Druck einer zu weit auf einen zu großen Theil des Lebens ausgedehnten Verpflichtung zum Dienst in erster Linie, im Felde, gäbe es nicht mehr, „wenn

Alle, welche dienen können, auch eingezogen und kriegsfähig ge=
macht würden; dann könnten leicht 3—400,000 Mann aus den
5 bis 6 jüngeren Altersklassen gestellt werden, und man hätte nur
nöthig, zur Zeit einer Noth, in welcher sich jeder bereitwillig dem
König und dem Vaterlande zur Verfügung stellt, in spätere Al=
tersklassen zurückzugreifen."
      Ein schönes Ideal! — Aber die Vorschläge des Generals
reichen bei Weitem nicht aus, es zu verwirklichen. In diesen Vor=
schlägen liegt sogar das Geständniß, daß er sich dessen bewußt ist.
Denn mit welcher schonungslosen Schärfe er auch den Hauptfehler
der bisherigen Militair=Verfassung, die allzulange Dienstverpflich=
tung, rügt, sieht er sich doch veranlaßt, gerade diesen Fehler auch
in seinem Organisations=Plan fortbestehen zu lassen, ja sogar noch
um etwas zu steigern, wie schon bemerkt.

------

     In dem Bericht der Commission erscheint der Entwurf des Herrn
v. Willisen, was die Zahl der Regimenter und Bataillone betrifft,
um ein Viertheil vermindert. Im Uebrigen soll zweijährige Dienst=
zeit bei der Infanterie eingeführt werden, und man verzichtet, um
sie möglich zu machen, auf jede Verschiedenheit im Präsenzstand
während der Winter= und Sommermonate. Die Eintheilung der
Landwehr in ein erstes und zweites Aufgebot wird beibehalten, so=
wie die Verpflichtung der Landwehr ersten Aufgebots zum Dienst
in erster Linie.
     Der Soldat soll zwei Jahre bei der Fahne dienen; vier wei=
tere Jahre gehört er der Kriegsreserve seines Regiments an; dar=
auf geht er in die Landwehr ersten Aufgebots über, in der er sechs
Jahre verpflichtet bleibt, d. h. bis zum vollendeten zweiund=
dreißigsten Lebensjahr; dann folgt auf weitere sieben Jahre die
Verpflichtung zum Dienst in der Landwehr zweiten Aufgebots, so
daß die endliche Befreiung vom Militair=Dienst erst im vierzigsten
Lebensjahr der Verpflichteten einträte.
     Das Armee=Corps soll nicht 13 Linienregimenter zählen,

wie General v. Willisen verlangt — sondern nur 9, die gesammte Armee mithin 81, ganz wie nach dem Entwurf der Regierung.

Jedes Regiment aber soll nur zwei wirkliche Bataillone haben, und ein ideelles, ein Landwehr-Bataillon, das in dem Augenblick der Rüstung zum Krieg gebildet wird, und dann, weil es aus älteren, aus Landwehrleuten besteht, für ein Eliten-Bataillon gelten soll, ganz wie in General v. Willisen's Entwurf.

Das Linien-Bataillon soll außer 68 Unteroffizieren und Capitulanten, 510 zu zweijähriger Dienstzeit einberufene Soldaten zählen. Das Regiment wäre also auf dem Friedensfuß 1156, ohne prima plana, d. h. Unteroffiziere u. s. w., 1020 Mann stark, und es ergäbe sich, im Vergleich mit der von der Regierung beabsichtigten Organisation, die 3 Bataillone zu 538 — die Unteroffiziere ungerechnet, zu 470 Mann — im Ganzen einen Friedensstand von 1410 annimmt, — ein um 390 Mann geringerer Präsenzstand für jedes Regiment.

Rekruten würden jährlich bei jedem Bataillon 255 eingestellt; bei der gesammten Infanterie 43,000 — genau so viel als nach der von der Regierung angenommenen Organisation zu einem dreijährigen Dienst eingereiht werden.

Wie man sieht, legt die Militair-Commission das allergrößte Gewicht darauf, die Landwehr in die ersten Reihen des Heers zurückzuführen, und zwar nicht nur in einer der bisherigen so viel als irgend möglich ähnlichen Verfassung, sondern auch — und zwar hauptsächlich und vor allen Dingen — unter diesem Namen. Hier sind Rücksichten, die General v. Willisen gar keiner Beachtung werth hält, für die Commission im Gegentheil geradezu entscheidend und maaßgebend. Der General hat die Ansicht, von der sie dabei ausgeht, eigentlich zum Voraus widerlegt, indem er sagt, worauf es der Bevölkerung ankomme, das sei eine Umgestaltung des Heeres, vermöge welcher die gesammte Jugend zur wirklichen Erfüllung ihrer Dienstpflicht herangezogen würde, und eine entsprechende Beschränkung ihrer Verpflichtung auf die jüngeren Lebensjahre. „Wie es heiße, ob Landwehr oder Reserve, das möchte ihr ziemlich gleichgültig sein; es handelt sich hier um eine Sache, eine Last, eine Gerechtigkeit, eine Gleichheit der Leistung und nicht um einen Namen."

Wer gewissen Lieblings-Ideen und Vorstellungen mit einer Befangenheit nachhängt, die nicht von ihnen lassen will, ist sich dessen selten bewußt, und setzt eben deshalb bei dem Gegner, der seine Ueberzeugungen nicht theilen kann, sehr leicht Befangenheit im entgegengesetzten Sinn voraus.

So scheint es auch hier ergangen zu sein. Die Verfasser des Berichts setzen, scheint es, bei allen denen, welche die Verschmel= zung von drei Jahrgängen der bisherigen Landwehr ersten Aufge= bots mit der Linie nothwendig achten, um die Kriegstüchtigkeit des gesammten Heeres sicher zu stellen, ein Vorurtheil gegen die Land= wehr voraus, und sind geneigt, das vorausgesetzte Vorurtheil mit der politischen Gesinnung in Verbindung zu denken. Daß man un= befangen eben nur die Sache selbst im Auge haben, und sich ein objectives Urtheil über sie bilden könne, das nicht durch Neben= rücksichten bestimmt wird —: das wird in dem Bericht eigentlich nicht angenommen.

Wir sehen da die Bedenken, die früher und später in Beziehung auf die Zweckmäßigkeit des Landwehr=Systems erhoben worden sind, mit einer überraschenden Ausschließlichkeit mit den verrufenen Carlsbader Beschlüssen von 1819 in Verbindung gebracht. Man erzählt uns, an den Umschwung der damals in der gesammten Staatsleitung erfolgte, habe sich auch die Maaßregel geknüpft, die Landwehr, wie es in den Motiven des Gesetz=Entwurfs be= zeichnet worden sei, der Linie näher anzuschließen. Die Generale Boyen und Grolmann hätten auch keinen Augenblick verkannt, daß damit dem Charakter des ganzen Instituts wesentlich zu nahe ge= treten sei, daß sich weitere Consequenzen daran knüpfen würden, und sie hätten sich dadurch bewogen gefunden, von ihren dienst= lichen Stellungen zurückzutreten.

Das ist, beiläufig bemerkt, ein Irrthum, der uns sehr über= rascht hat, denn wir glaubten, die Gründe, durch welche Boyen und Grolmann sich damals zum Rücktritt veranlaßt sahen, seien im Vaterlande bekannt genug. Sie lagen tiefer, und hatten mehr zu bedeuten als einige nicht sehr wesentliche Modificationen in der Organisation der Landwehr.

„In der That traten diese Consequenzen auch sehr bald ein"; fährt der Bericht fort: „man legte an die Leistungen der Landwehr einen Maaßstab, der für sie nicht paßte und erst, als eigentlich in kaum zu erwartender Weise, auch bei den Friedensübungen die Landwehr neben der Linie bestand, ließ die Befehdung nach und es trat nun im Gegentheil eine Epoche ein, in welcher der Land= wehr nur Lobsprüche und Anerkennung gezollt wurden. — Mit und nach dem Jahre 1848 aber machte sich erneuert und mit ver= stärkter Kraft ein der Landwehr ungünstiges Urtheil, namentlich in militairischen Kreisen, geltend, die in Unordnungen und mehr oder weniger schweren Verletzungen der militairischen Disciplin, welche bei einzelnen Landwehr=Bataillonen vorkamen, eine Berechtigung zu finden glaubten, und wenn dieses Urtheil damals wohl zunächst mehr auf politische als militairische Anschauungen sich gründete, so habe darauf die Mobilmachung von 1850, und zuletzt die von 1859 mit den Erfahrungen, die dabei gemacht worden sind, oder gemacht sein sollen, auch in rein militairischer Beziehung den Stab über die Landwehr brechen machen." Es wird noch hinzu= gefügt, was die bei der Mobilmachung angeblich hervorgetretenen Erfahrungen betreffe, so komme dabei sehr viel auf den mehr oder weniger strengen Maaßstab an, da dem guten Willen der Landwehrmannschaft wenigstens die Anerkennung nicht versagt werde.

„Erfahrungen, die gemacht worden sind oder gemacht worden sein sollen!" — Es wäre allerdings sehr bequem, wenn man mit solchen Wendungen über alle Schwierigkeiten hinweg schweben, alle unwillkommenen Thatsachen, alle ernsten wirklichen Erfah= rungen ablehnen könnte, um sich ganz ungestört in anmuthigen aber willkürlichen Vorstellungen zu ergehen. Nur sehen wir nicht, was uns zwänge, eine solche Redensart ohne Weiteres gelten zu laffen; in wiefern sie uns zwingen könnte, die Forderung fallen zu laffen, daß man die gemachten Erfahrungen näher in das Auge faffe, und ihre Realität wie ihre Bedeutung wirklich prüfe und wäge.

In den eben angeführten Worten des Berichts wird ziemlich lesbar angedeutet, das angebliche „Vorurtheil" gegen die Land= wehr müffe entweder aus politifcher Partei=Gesinnung hervor= gehen, oder aus militairifcher Befangenheit und Pedanterie, die auf den sogenannten Kamafchen=Dienst, auf eine peinliche Prä= cifion und conventionelle Eleganz in der Ausführung der taktifchen Evolutionen bei Friedensübungen, namentlich auf den Parade= marfch, einen übertriebenen Werth legt. Es wird vorausgesetzt, die Bedenken, welche die Haltung der Landwehr in den Jahren 1848 und 1849 erweckte, hätten sich lediglich um difciplinarifche Un= ordnungen von untergeordneter Bedeutung gedreht, die hier und da bei einzelnen Bataillonen — sporadifch — zum Vorschein ge= kommen seien.

In der Wirklichkeit aber verhält sich die Sache ganz anders, ja in gewissen Beziehungen grade umgekehrt. Bei den Friedens= übungen hat sich die Landwehr immer sehr gut gezeigt — die Infanterie nämlich; — und namentlich bei dem Parademarfch in der Regel ganz ausgezeichnet. Das ist leicht zu begreifen; sie hat schöne Männer im kräftigften Lebensalter; die Haltung der Leute ist ruhiger als die der jüngeren Soldaten der Linie — und das Wenige, was zur glänzenden Ausführung eines Parademarfches erfordert wird, ist mit gewesenen Soldaten leichter und schneller wieder eingeübt als alles Andere. Sehr natürlich also ist es, daß, — wie auch der Berichterstatter der Commiffion weiß — alle Welt mit der Landwehr außerordentlich zufrieden war und sich in ihrem Lob erging, so lange sie eben nur Friedens=Uebungen auszu= führen hatte, und nicht auf eine erustere Probe gestellt wurde.

Die Jahre 1848 und 1849 brachten nun aber eine erste Ver= anlassung, sie im Ernst des Krieges zu verwenden. Die Probe, die sie nunmehr im Gesecht, auf dem Schlachtfelde zu bestehen hatte, war, wie wir dabei nicht vergessen dürfen, als eine ernste betrachtet, noch immer von nur mäßiger Bedeutung; die Aufgaben, die ihr im Kampf gegen polnische Insurgenten und kosmopolitische Freischärler gestellt wurden, waren keineswegs der höchsten Art; sie reichten sogar bei Weitem nicht an das Maaß, das im großen Krieg, wo mächtige Staaten ernstlich mit einander ringen, das gewöhnliche wird. Die gemachten Erfahrungen aber waren von der Art, daß das Urtheil über die Brauchbarkeit der Landwehr in erster Linie im Felde sich sehr bedeutend anders gestalten mußte, und sich dabei keineswegs, wie der Berichterstatter der Commission will= kürlich annimmt, „mehr auf politische als auf militairische An= schauungen" zu gründen brauchte. Auch handelte es sich nicht bloß um gelegentliche Unordnungen und einzelne Vergehen gegen die militairische Disciplin, sondern — und zwar vor Allem — um das, was auf diesem Gebiet schlechthin entscheidend ist: um die Hal= tung der Bataillone im Gefecht.

Wir beklagen es, Dinge, von denen wir bisher aus nahe liegenden Gründen pflichtmäßig geschwiegen haben, öffentlich er= örtern zu müssen. Aber wenn die zum Rathe berufenen gerade die entscheidenden Thatsachen vollständig ignoriren wollen, wäre fort= gesetztes Schweigen schlimmer als Sprechen. Doch hoffen wir daß es genügen wird auf einige der Erfahrungen hinzuweisen, die in bereits veröffentlichten Schriften schonend angedeutet sind. In diesem Sinn erinnern wir an das Gefecht bei Kionz (das Jahr 1848. Ein Beitrag zur Geschichte des K. Pr. 7. Infanterie=Reg. S. 51 und den Plan) — und an das Gefecht bei Waghäusel (Operationen und Gefechts=Berichte aus dem Feldzug in der Rhein=Pfalz und im Großherzogthum Baden 1849; Bericht des Majors von Bornstädt S. 70, und eine Bemerkung in dem Be= richt des Generals v. Hannecken S. 51). — Man wird da Stoff zum Nachdenken finden. Für Diejenigen, die berufen sind, sich ein Urtheil zu bilden, ist es unerläßliche Pflicht, sich über diese und ähnliche Erfahrungen aus den Quellen gewissenhaft zu belehren.

Wenn man sich anstatt dessen auf die Worte der Thronrede

vom 26. Februar 1849 beruft, auf die rühmende Anerkennung, die der Linie und Landwehr wiederholt zu Theil geworden ist, bei öffentlichen, feierlichen Acten, wo die Absicht wahrhaftig nicht sein konnte Schäden und Mängel des Bestehenden rücksichtslos aufzudecken; wenn man dann hinzufügt: „Die Schlüsse, welche man aus einzelnen tadelnswerthen und verwerflichen Vorfällen zu ziehen geneigt scheint, zerfallen vor solchen Urtheilen von selbst, ohne daß es nöthig ist, dabei weiter zu verweilen" — so vermögen wir wenigstens in solchen Wendungen nichts weiter zu sehen als eben nur das fortgesetzte Streben, jeder ernsten Erwägung der vorliegenden Thatsachen und Erfahrungen geflissentlich aus dem Wege zu gehen.

Daß die Haltung der Landwehr den Forderungen, die unbedingt an jede Truppe gestellt werden müssen, nicht vollständig genügte, wird auch von den Anhängern des alten Systems — insofern ihnen die Ereignisse nicht ganz unbekannt geblieben sind — ohne Einschränkung zugegeben —: aber man sucht die Erscheinung aus der politischen Stimmung jener Tage zu erklären, die eine schwankende gewesen sei.

Das wäre jedenfalls eine Erklärung von sehr zweideutigem Werth! — Denn mag man immerhin hervorheben, daß Preußen weniger als jeder andere Staat in den Fall kommen könne, große Kriege zu führen, an denen nicht die gesammte Bevölkerung regen Antheil nähme, so ist doch gewiß nicht weniger wahr, daß die Haltung eines preußischen Heeres auf dem Schlachtfelde nicht von der politischen Einsicht der Landwehrmänner, nicht von ihrem mehr oder weniger zutreffenden Urtheil über die politische Tragweite des einzelnen gegebenen Falles abhängig werden darf.

Uebrigens scheint uns auch diese bedenkliche Erklärung auf einer willkürlichen Vorstellung zu beruhen, die keine Realität hat. Die Mannschaften der Linien=Bataillone bestanden zur Zeit dieser Ereignisse eben auch zum großen Theil aus einberufenen Reserristen, — und ihre Haltung war eine durchaus befriedigende. Der Landwehrmann ist der ältere Bruder des Reservisten — sehr oft

im buchstäblichsten Sinne des Worts. Sie kommen aus Einer
Heimath, Einem Dorf — in vielen Fällen aus einer und derselben
Hütte zu den Fahnen: wie hätte da der Wehrmann eine andere po=
litische Stimmung mitgebracht als sein jüngerer Waffenbruder?

Auch weist der Bericht der Commission eine jede solche Er=
klärung, wenn auch mittelbar, doch mit einer Entschiedenheit zu=
rück, der wir nur beistimmen können. Sie thut das, indem sie
geltend macht, den ungünstigen Urtheilen von 1848 und 1849
stehe die Thatsache gegenüber: „daß auch in jenen Tagen die
Landwehr im Großen und Ganzen Beweise ihrer Treue, ihres
Gehorsams und ihrer Disciplin gegeben hat, ungeachtet alle mög=
lichen Versuchungen an sie heran traten, sie ihren militairischen
Pflichten abwendig zu machen. Gerade das Scheitern dieser Ver=
suchungen war das ehrendste Zeugniß wie für das Volk im Allge=
meinen, so für die Landwehr insbesondere."

Gewiß, die ehrende Anerkennung, welche der Landwehr in
dieser Beziehung von allen Seiten wie von höchster Stelle, wie=
derholt zu Theil geworden ist, war auf das Rühmlichste verdient.
Eben dadurch aber sind wir ganz entschieden darauf angewiesen,
die Gründe jener minder erfreulichen Erscheinungen anderswo zu
suchen. Oder vielmehr, wir brauchen sie nicht erst lange zu suchen:
sie liegen in den Mängeln der Organisation offen zu Tage, wie
wir dessen schon in einer früheren Schrift gedachten. Darin, daß
man ältere Männer, die auf der Höhe des Daseins, an der Spitze
eines kleinen gewerblichen Unternehmens oder ländlichen Anwesens
stehen, aus ihrem Lebensberuf, der dadurch oft in sehr bedenklicher
Weise gestört wird, herausruft, um sie dann nicht etwa in schon
bestehende Schaaren einzureihen, sondern aus ihnen — noch dazu
aus ihnen allein — improvisirte Bataillone zu bilden; Truppen=
Körper, die sich schon durch die besondere Benennung, die sie tra=
gen, berechtigt glauben können, in schonender Weise verwendet zu
werden, wie das auch durch die Lebensverhältnisse der Mannschaf=
ten geboten scheint.

Mit dem Jüngling werden nur Hoffnungen begraben. Der

gereifte Mann läßt, wenn er fällt, eine wirkliche Lücke im Leben, die irgendwo gar schmerzlich empfunden wird. Wer sich von dem Gewicht dieser Verhältnisse Rechenschaft geben will, braucht nur in die Erfahrungen des eignen Lebens zurückzugreifen. Wer von uns war nicht in der früheren Jugend bereit, Leben und Ge= sundheit leichthin zu wagen? — oft genug selbst auf Veran= lassungen, die es wahrlich nicht werth waren. Und wer von uns thäte als gereifter Mann in derselben Weise dasselbe?

Der Landwehrmann bringt ein unendlich größeres Opfer als der jüngere Linien=Soldat, wenn er ins Feld rückt, und es bedarf daher für ihn einer sehr viel größeren Macht der Motive, wenn er mit gleicher Freudigkeit der ernsten Erfüllung seiner Pflicht entgegen gehen soll! — Wir können und wollen doch ge= wiß dem Vaterland nicht stets, als einzigen denkbaren Kriegsfall, Verhältnisse und Zustände wünschen, wie die von 1813 waren, die allerdings eine hinreichende Wucht der Motive für jeden einzelnen in sich trugen.

Den Thatsachen, den Erfahrungen gegenüber, die sich auf solche Weise erklären, will es wenig bedeuten, wenn die Majorität der Commission sich auf die Autorität der Generale Grolmann und Boyen beruft, die das Landwehrsystem nicht als einen Nothbehelf, sondern als das an sich Beste angerathen haben sollen. Denn selbst wenn die Genannten sich ganz so entschieden ausgesprochen hätten, wie hier vorausgesetzt wird, würde doch die einfache Antwort genü= gen, daß zur Zeit, wo sie sprachen, in Beziehung auf das, was von Landwehr, in weniger außerordentlichen Lagen als die von 1813 war, zu erwarten sei, noch keine Erfahrungen vorlagen. Man müßte eine sehr geringe Meinung von der Intelligenz der berühm= ten Generale haben, wenn man annehmen wollte, daß lehrreiche Erfahrungen spurlos an ihnen hätten vorübergehen können, ohne Einfluß auf ihre Ansicht der Dinge zu üben.

Aber der Berichterstatter der Commission ist auch gar nicht einmal berechtigt, ihre Autorität so entschieden für sich in Anspruch zu nehmen. Wir wissen uns nicht zu erinnern, auf welche allge=

mein bekannt gewordenen Worte Grolmann's er sich dabei stützen könnte. Wer den General noch persönlich gekannt hat, weiß, daß er auf eine Discussion der Landwehrverfassung niemals einging — sondern sie ablehnte wenn sie entstehen wollte.

Von Boyen liegen bestimmte Aeußerungen vor, aber sie haben nicht so ganz entschieden die in dem Commissionsbericht voraus=gesetzte Richtung. General Boyen war bekanntlich entschieden für dreijährige Dienstzeit, und vertheidigte außerdem den Satz: je kürzer im Allgemeinen die Dienstzeit, desto stärker müsse der stehende Rahmen jedes Bataillons an Offizieren, Unter=Offizieren und Ca=pitulanten, d. h. Berufs=Soldaten, sein.

In Beziehung auf die Landwehr insbesondere findet sich einiges Bezeichnende in Boyen's bekannter Schrift: „Darstellung der Grundsätze der alten und gegenwärtigen Kriegsverfassung." Da sagt der Feldmarschall, der als einer der Schöpfer des Land=wehr=Systems angerufen wird:

„Eine Ansicht ist gegen die stehenden Heere gerichtet. Sie hält die Vertheidigung des Staats durch Landwehren allein aus=reichend gesichert. Wie unhaltbar diese Behauptung sei, da selbst die beste Landwehr, unter den günstigsten Verhältnissen gedacht, einem zerstreut kantonirenden Heere ähnlich, nie zur rechten Zeit auf den bedrohten Grenzen würde vereinigt werden können, ergiebt sich bei dem ersten Blicke auf die bestehenden Einrichtungen anderer Staaten und durch unsere eigene Erfahrung. Hätte das stehende Heer die Schlachten von Groß=Görschen und Bautzen nicht ge=schlagen, wie würde es der Landwehr möglich geworden sein sich zu bilden? Aber auch die glücklichen Resultate der letzten Feldzüge können nur bedingungsweise als Muster für die kommenden aufgestellt werden. Fast ganz Europa zu einem Zwecke verbündet, stellte solche bedeutende Streitkräfte in dem Kampfe, die, wenn auch nicht alle vorhergegangenen Ereignisse jenen herrlichen Willen erzeugt hätten, schon ihrer bloßen Zahl nach überwiegend waren. Der Feind hatte den größten Theil seiner alten, erfahrenen Soldaten verloren.

Unseren neu ausgehobenen Wehrmännern wurden nur junge Conscribirte entgegengestellt. Nicht alle künftigen Feldzüge werden gleich günstige Verhältnisse gewähren. Höchst verderblich würde es daher sein, bei der jetzigen Art Krieg zu führen, die ganze Ausbildung unserer Soldaten auf die unterbrochene Uebung weniger Wochen beschränken zu wollen."

Wir sehen, ein erfahrener und besonnener Krieger äußert sich in diesen Worten, wie ihm das durch seine Stellung geboten war, in schonender Weise über ein Institut, das zur Zeit bestand und fortbestehen sollte und mußte. Aber er spricht doch eben mit Schonung von Einrichtungen, die nach seiner Ueberzeugung einer schonenden Besprechung beburften.

———

Positive militairische Vortheile, die aus der vorgeschlagenen Organisation hervorgehen könnten, weiß der Berichterstatter der Commission nicht nachzuweisen. Er muß sich auf diesem Gebiet darauf beschränken, die Nachtheile, die zu befürchten sein könnten, theils zu läugnen, theils als unwesentlich mit einer gewissen Geringschätzung zu behandeln — theils endlich, und zwar gerade in den wichtigsten Beziehungen, vollständig zu ignoriren, die eigentliche Discussion der gemachten Erfahrungen aber zu meiden.

Nur indem sie die Frage auf ein anderes, wenn auch angränzendes Gebiet, auf das der inneren, der Social=Politik, hinüberführten und erörterten, welchen Einfluß die so oder anders gestaltete Organisation der Armee dorthin üben, welche Rückwirkung alsdann von dorther auf das Heer und seinen Geist erfolgen müsse, je nachdem das System des Gegenentwurfs oder das der Regierung angenommen werde, suchten „mehrere Mitglieder der Commission" wenigstens mittelbar einen positiven Gewinn nachzuweisen, der von Einrichtungen in ihrem Sinn zu hoffen sei. Sie verwiesen auf die Nachtheile, die sich nach ihrer Meinung ergeben würden, wenn die erste Feld=Armee Preußens nicht mehr zu einem namhaften Theil aus Bataillonen bestehe, die „Land=

wehr" heißen, und im Augenblick der Kriegsbereitschaft erst aus den Elementen improvisirt werden müssen. Der Gegensatz ergiebt sich dann von selbst.

„Durch die Verweisung der Landwehr aus den Reihen des mobilen Heeres werde das Verhältniß des letzteren zu dem Volke ein wesentlich verändertes;" heißt es da: „mit der Landwehr sei gewissermaßen das Verbindungsglied zwischen Heer und Volk weggenommen; jenes werde diesem dann viel ferner gegenüber stehen. Das Land werde mit einem Netz von Garnisonen überzogen werden und die Soldaten, in Kasernen abgeschlossen, dem Einfluß eines exclusiven Geistes des zum bei Weitem größten Theil aus Adeligen bestehenden Offiziercorps unterliegen, und gerade, um diesen Einfluß desto wirksamer zu machen, halte man die dreijährige Dienstzeit für die Infanterie fest, und wolle man die der Kavallerie auf vier Jahre ausdehnen. Schon längst sei die Bevorzugung des Adels in der Armee von den Bürgerlichen als eine tiefe Verletzung und als eine Kränkung ihres Rechts empfunden worden, und wenn man bei der Verdoppelung des Heeres dasselbe System verfolge, so würde damit die Kluft zwischen dem Heer und dem Volk immer tiefer werden; es werde sich ein Zustand, ähnlich dem von 1806, mehr und mehr herausbilden, und schließlich zu ähnlichen Resultaten führen, denn niemals werde eine preußische Armee siegreich sein, mit welcher nicht die Herzen des Volkes schlügen."

Ein großer Aufwand von Beredsamkeit um die verhängniß-voll-verderblichen Folgen hervorzuheben, welche der Uebergang dreier Jahrgänge Landwehr in die Linie herbeiführen müsse!

Will man damit in Erinnerung bringen, daß Standes-Vorrechte, von denen unsere Gesetze nichts wissen, nicht auf Nebenwegen eine unberechtigte Anerkennung finden dürfen; — daß in der Armee jede Bevorzugung, die irgend etwas Anderes als eine hervorragende militairische Tüchtigkeit zum Grund hätte, ein Uebel wäre; — daß alles und jedes politische Parteiwesen der Armee, die sehr ernste und bestimmte Pflichten einfach und loyal zu erfül-

4

len hat, fern bleiben müsse; — daß sich in den Reihen des Heeres am allerwenigsten irgend welche Sonder-Interessen neben den allgemeinen der Regierung und des Landes geltend machen dürfen, so haben wir dagegen natürlich durchaus nichts einzuwenden.

Das Mittel aber, den entgegengesetzten Möglichkeiten vorzubeugen, kann doch nur ganz einfach darin gesucht werden, daß die Regierung keinen Einfluß des politischen Parteiwesens auf die Bildung des Offiziercorps gestattet.

Wollte man es, solcher Befürchtungen wegen, darauf anlegen, dem Einfluß der militairischen Vorgesetzten auf den Soldaten gewisse Gränzen zu ziehen, so wäre das Mittel jedenfalls sehr viel schlimmer, als das vorausgesetzte Uebel. Es wäre das gewiß und wahrhaftig nicht der rechte Weg, ein kriegstüchtiges Heer zu bilden. Daß im Gegentheil alles Mögliche aufgeboten werden muß, um den Einfluß der Führer so fest als möglich zu begründen, das sieht wohl jeder Unbefangene ohne weitere Erinnerung.

Im Uebrigen drehen sich diese Besorgnisse um Dinge, die sehr wenig Realität haben. Fürchtet man, daß durch eine veränderte Stellung der Landwehr ersten Aufgebotes das Verbindungsglied zwischen Heer und Volk weggenommen sein könnte, will man darüber ganz beruhigt sein, so gehe man in die Dörfer und frage „das Volk," ob ihm der Dienst in den Truppentheilen, die nie eine gesonderte Landwehr gehabt haben, bei der Artillerie und den Jägern, irgend in einem anderen Licht erscheine, als der bei der Linien-Infanterie und Kavallerie.

Macht der Wehrmann irgend einen Unterschied zwischen den Verhältnissen, in welchen er als Reservist und als Landwehrmann steht, so ist dieser gerade nicht wünschenswerther Art. Denn er besteht einfach darin, daß mancher Wehrmann seine ernstliche Dienstpflicht mit dem Uebertritt aus der Kriegs-Reserve in die Landwehr im Wesentlichen für abgemacht und erledigt hält. Ob daraus ein Gewinn für den kriegerischen Geist der Landwehr hervorgehen kann? — Das ist eine Frage, die wohl jeder sich selbst beantwortet.

Die Zustände von 1806 zurückzuführen, ist die neue Orga=
nisation des Heeres gewiß nicht geeignet. Man vergesse doch nicht,
daß die Armee von 1806 zu einem großen Theil, mindestens zu
einem Dritttheil, aus Berufssoldaten der schlechtesten Art bestand;
angeworbenen Ausländern, die auf die Gelegenheit lauerten zu
desertiren. Die Inländer, die „Cantonisten," wie man sie nannte,
waren freilich zuverlässiger; aber das Verlangen der Hauptleute,
aus Beurlaubungen Gewinn zu ziehen, hatte dahin geführt, daß
die Zeit, während welcher sie wirklich Dienst thaten bei der Fahne
und an den Uebungen Theil nahmen, viel zu kurz zugemessen
war, während andererseits die Verpflichtung zum Dienst den be=
sten Theil des Lebens in viel zu großer Ausdehnung — vom 20.
bis zum 40. Jahr umfaßte. Darin lag der schlimmste, unheil=
bringende Fehler des Systems.

Stellt man nun neben das Bild dieser Armee das der heu=
tigen, die sich fort und fort — jährlich zu einem Dritttheil des
Präsenzstandes — aus der Blüthe der Bevölkerung erneuert; in
der eine längere, ausreichendere Waffenschule im wirklichen Dienst
bei der Fahne mit einer um nicht weniger als um ⅔ verkürzten Ver=
pflichtung zum Dienst in der Linie verbunden ist, deren Offizier=
corps im Krieg zum Theil aus den bisherigen Landwehr=Offi=
zieren besteht —: so ergiebt sich dem unbefangenen Blick gewiß, daß
dieses Heer wohl stets etwas, sowohl von der alten preußischen
als von der heutigen französischen Armee wesentlich Verschiedenes
bleiben wird.

Wie uns scheint, wird der Charakter des gegenwärtigen preu=
ßischen Heeres und sein Verhältniß zur Bevölkerung wesentlich
durch die allgemeine Dienstpflicht ohne Stellvertretung festgestellt,
nicht dadurch ob die Leute von 25—28 Jahren der Kriegs=Re=
serve oder der Landwehr ersten Aufgebots angehören, noch durch
die Eintheilung der Landwehr in erstes und zweites Aufgebot.

———————

Wir sagten vorhin: positive militairische Vortheile wisse der
Berichterstatter der Militair=Commission nicht als Ergebniß des

von ihm befürworteten Organisations-Planes in Aussicht zu stel=
len. Vielleicht müssen wir beschränkend hinzufügen: mit Einer
Ausnahme! — Denn es scheint in der That fast, als solle ein
Umstand, auf den großes Gewicht gelegt wird, für einen Vortheil
im eigentlichen Sinn des Wortes militairischer Art gelten. Es
bleiben nämlich nach dem Project der Commiffion mehr vollstän=
dig ausgebildete Soldaten für das Erfaß=Bataillon übrig, als
nach den von der Regierung angenommenen Normen.

Der Berichterstatter der Commiffion stellt folgende Berech=
nung an, um uns davon zu überzeugen.

Der von der Regierung angenommenen Organisation zu
Folge zählt die Linien=Infanterie in 81 Regimentern 243 Batail=
lone, deren jedes im Frieden einen Präsenzstand von 538 Mann
hat und jährlich 170 Rekruten einstellt. „Diese 170 Mann liefern
für die fünf Jahrgänge der Referve 850 Mann, und nach Abzug
von 25 Procent für den muthmaßlichen Abgang, also von 212
Mann, bleiben für die Kriegsstärke disponibel 638 Mann. Zur
Complettirung auf dieselbe bedarf das Bataillon 464 Mann, so
daß für das Erfaß=Bataillon nur eine Quote von 174 Mann
übrig bleibt. Die Erfaß=Bataillone würden daher zum großen
Theil auf Rekruten angewiesen sein, wenn man nicht auf die
29 = und 30jährige Altersklasse sofort zurückgreifen will, wodurch
die Voraussetzung, daß nur die ersten 8 Jahrgänge für den Dienst
im stehenden Heer bestimmt sind, in sich selbst zerfallen würde.“

Die von der Majorität der Commiffion „in Aussicht genom=
mene“ Organisation ergiebt in 81 Regimentern nur 162 Batail=
lone; die Mannschaft ist, wie schon gesagt, sechs Jahre zum Dienst
in der Linie, ebenso lange zum Dienst in der Landwehr-ersten
Aufgebotes verpflichtet. Bei zweijähriger Dienstzeit stellt ein
jedes Bataillon jährlich 255 Rekruten ein, das Regiment 510
Mann, genau ebenso viel wie die drei Bataillone nach dem Plan
der Regierung. „Jedes jener Bataillone hat also in den 4 Jahr=
gängen seiner Referve disponibel 1020 Mann, und nach Abzug
von 25 Procent, d. h. von 255 Mann bleiben für die Kriegs=

stärke disponibel 765. Das Bataillon bedarf zur Complettirung auf diese 424 Mann, so daß für das Ersatz-Bataillon eine Quote von 341 Mann, also erheblich mehr, als nach der Regierungsvorlage, bleibt."

Der Regimentsbezirk behält also, fügen wir hinzu, nach dem Plan der Regierung 522 Mann für seine Ersatz-Bataillone übrig, nach dem Project der Commission 682 Mann.

Was soll denn das eigentlich für ein Gewinn und Vortheil sein?

Denken wir uns einen Zustand der Gesellschaft, in welchem die gesammte erwachsene männliche Bevölkerung des Staates in den Waffen geübt wäre, und auch wirklich aufgeboten werden könnte für die kriegerischen Zwecke des Staates, da wäre man allerdings in der beneidenswerthen Lage, den Ersatz für alle Verluste einer im Felde stehenden Armee stets durch vollständig für den Krieg vorbereitete Mannschaft zu bewirken, ohne daß es dazu besonderer Anstalten bedürfte. Der Staat könnte stets aus dem Vollen schöpfen; er brauchte, so weit seine Kräfte und seine Bevölkerung überhaupt reichen, sofern man nicht voraussetzt, daß er mit einem feindlichen Reiche von ganz unverhältnißmäßig überlegenen Dimensionen zu ringen hätte, nicht sowohl bedächtig zu erwägen, ob Alles, was er überhaupt an Streitkräften aufbringen kann, wohl genüge, ihn sicher zu stellen, sondern nur, welchen Theil derselben er in jedem gegebenen Falle, nach der Natur, dem Maaße der jedesmaligen Aufgabe aufzubieten habe — und um die Verluste des Heeres im Felde durch geübte Mannschaft ersetzen zu können, bedürfte es keiner besonderen Anstalten, keiner Ersatz-Bataillone; auch ein solcher Ersatz könnte stets unmittelbar aus der Bevölkerung geschöpft werden.

Ein idealer Zustand! — In den Republiken des Alterthums, wo Kriegstüchtigkeit für jeden Einzelnen die unerläßliche Bedingung auch seiner bürgerlichen Existenz war, und die Sorge, sich für den Kriegsdienst auszubilden, eben deßhalb ihm selbst überlassen blieb, konnte er innerhalb gewisser Gränzen annähernd erreicht werden.

In unseren unermeßlich erweiterten, unberechenbar vielseiti=
ger gewordenen Verhältnissen, wo die ganze reiche Entfaltung des
bürgerlichen und gewerblichen Lebens, die gesammte Gestaltung
des Volks = und Staatshaushaltes, uns zum Gesetz macht, den
einzelnen Wehrmann nur eine mäßige Zeit über zum Dienste
im Felde verpflichtet zu halten, und dann wieder dem bürgerli=
chen Leben zu überlaffen, wird man stets — selbst da, wo allge=
meine Wehrpflicht Prinzip ist — sehr weit von solchen Zuständen
entfernt bleiben.

Bei der Spannung, in welcher alle Staaten, mit denen man
sich auf gleicher Höhe zu behaupten hat, schon seit den Tagen Lud=
wigs XIV. ihre Kräfte erhalten — und da die erste Forderung der
Strategie unbedingt dahin geht, die nach den Umständen mögliche,
größte Masse von Streitkräften zu gleichzeitiger Wirksamkeit zu
bringen, — wird Preußen wohl mehr noch als jeder andere Staat,
in jedem ernsten Krieg, in welchem mit großartigen Mitteln um
große Interessen gekämpft wird, aufgefordert sein, zu wirklicher
Verwendung aufzubieten, was es an ganz fertigen und sofort ver=
wendbaren Kriegsmitteln überhaupt besitzt; jede Verzettelung
derselben, die Bruchtheile seiner brauchbaren Streitkräfte außer un=
mittelbarer Wirksamkeit setzt, so viel als möglich zu meiden; und
für den Ersatz dadurch zu sorgen, daß die neu heranwachsende
Jugend, und was etwa von den jüngst vorhergehenden Jahrgän=
gen derselben als „zurückgestellt“ u. s. w. nicht in das Heer einge=
reiht werden konnte, mit energischer Thätigkeit in Ersatz=Bataillo=
nen geübt werde.

Ein Ersatz-Bataillon, das gar nicht die Bestimmung hat, als
selbstständiger Truppenkörper, als Bataillon verwendet zu wer=
den, bedarf am wenigsten eines starken Rahmens von ausge=
bildeter Mannschaft; es braucht nicht zur Hälfte und mehr aus
solchen zu bestehen. Wenn es „großentheils auf Rekruten ange=
wiesen ist,“ erfüllt es eben seine Bestimmung; nur der Rekru=
ten, nicht der alten Mannschaft wegen wird es gebildet. Es be=
darf an alten Soldaten wesentlich nur Instructoren, und eine An=

zahl Mannschaft, die hinreicht, die Disciplin unter den Neulingen
festzustellen und gehörig zu handhaben. Wird ihm über dieses
Maaß hinaus kriegstüchtige geschulte Mannschaft überwiesen, so
kann das unter Umständen eine nicht bloß ganz unnütze, sondern
geradezu schädliche Verschwendung sein, die mit den vorhandenen
Streitkräften getrieben wird, und es frägt sich, ob diese nicht bes=
ser sofort in erster Linie vor dem Feinde verwendet wären, anstatt
weit rückwärts in den Depots müßig und unwirksam zu bleiben.

Allerdings müßten wir es für einen Gewinn achten, daß dem
„Gegenentwurf" zu Folge nach der Bildung der Feld=Bataillone
eine zahlreichere ausgebildete Mannschaft zu weiterer Verfügung
bliebe, als nach der angenommenen Organisation — wenn dieser
Ueberschuß an Mannschaft sich daraus ergäbe, daß überhaupt eine
größere — womöglich massenhaft größere — Anzahl Wehrmänner
jährlich in den Waffen geübt und für den Krieg ausgebildet wür=
den. Da das aber durchaus nicht der Fall ist, da nur genau eben=
so viel Rekruten jährlich einberufen werden sollen, als nach den
Vorlagen der Regierung, da keineswegs für die Bewaffnung des
Landes und den Ersatz im Allgemeinen nach einem großartigeren
Maaßstab gesorgt wird, und nur das Ersatz=Bataillon etwas
besser bedacht erscheinen soll, müssen wir uns vor allen Dingen
Rechenschaft davon geben, wo denn der gepriesene Ueberschuß an
Mannschaft eigentlich herkömmt.

Das ist nicht schwer zu ermitteln. Die Regierung will aus
acht Jahrgängen Rekruten die gesammte Feld=Armee bilden; jeder
Regimentsbezirk soll aus diesen acht Jahrgängen drei Feld=Batail=
lone oder 3000 Mann stellen. Nach dem Entwurf der Commis=
sion wären nur sechs Jahrgänge bestimmt, die Linientruppen zu
bilden, und der Regiments=Bezirk, — identisch mit dem von der
Regierung angenommenen — hätte aus diesen Jahrgängen nur
zwei Bataillone oder 2000 Mann aufzubringen, da das dritte ein
Landwehrbataillon sein soll. Nach diesem Schema würden dem=
nach drei Viertheilen der Jahrgänge, die nach dem Plan der Re=
gierung das gesammte Heer bilden, nur zwei Drittheile dieses

Heeres entnommen. Natürlich bliebe eine Anzahl Leute übrig, die, beispielsweise angenommen, daß die Bildung dreier Bataillone die Gesammtzahl der in acht Jahrgängen verfügbaren Mannschaft erschöpfte, ¹/₁₂ der in sechs Jahrgängen zur Verfügung stehenden Zahl betragen müßte. Der Entwurf der Commiffion überweist nun diesen Reft dem Erfaß-Bataillon. Er wird, wie man auf den erften Blick fieht, lediglich dadurch, daß man ihn dem dritten Feld-Bataillon entzieht, für das Erfaß-Bataillon „gewonnen,“ wenn man das so nennen darf. Der Entwurf entzieht diese jüngere Mannschaft dem dritten Feld-Bataillon, und verseßt dadurch in die Nothwendigkeit, für die Bildung dieses Leßteren genau in demselben Verhältnisse — um den halben Betrag eines Jahrganges — in die älteren Jahrgänge, in die Reihen der verheiratheten Leute, der Familienväter, der Leute, die daheim schwerer zu entbehren find, zurück zu greifen.

Wir glauben es verantworten zu können, wenn wir sagen: das ift kein Gewinn, sondern nichts anderes als eine verkehrte Art, mit den vorhandenen Mitteln Haus zu halten.

Wir müffen nun auch noch die Formation des Regiments und seiner drei Bataillone etwas näher in das Auge faffen.

Der Gedanke, jedes Regiment aus zwei wirklichen Bataillonen und einem ideellen, das erft im Augenblick, wo man es braucht, improvifirt würde, zu bilden, rührt, wie schon bemerkt, von dem General v. Willisen her. Nach deffen Entwurf wäre dieses dritte Bataillon, sogar im vollften, man ift versucht zu sagen im verwegenften Sinne des Wortes, ein ideelles. Es hätte gar keinen vorbereiteten Rahmen, und nicht einmal die Elemente zu einem solchen — nicht einmal ein eigenes Offizier- und Unteroffiziercorps.

Jedes der beiden Linien-Bataillone müßte im Augenblick der Mobilmachung die Hälfte seiner Offiziere und Unteroffiziere — und zwar, wie ausdrücklich vorgeschrieben wird, die beffere Hälfte

— an das entstehende dritte abgeben. Der Organismus der beiden wirklichen Bataillone müßte demnach auf das Tiefste erschüttert und gelockert werden, um die Verwirklichung des ideellen möglich zu machen. Wie unsicher dadurch der Zusammenhang des Ganzen, d. h. aller drei Bataillone würde, ist ohne weitere Erörterung einleuchtend.

Auch die Commission hat so etwas nicht für ausführbar gehalten und sich bewogen gefunden, den Entwurf des Meisters wesentlich zu modificiren. Nach ihren Vorschlägen soll das Regiment, außer den beiden wirklichen Bataillonen, auch noch das fast vollzählige Offizier- und Unteroffiziercorps für das ideelle dritte zählen. Diese Offiziere und Unteroffiziere des dritten Bataillons sollen in Friedenszeit — insoweit sie nicht in dem Regimentsbezirk, also in der Weise wie bisher die zur Landwehr commandirten Offiziere der Linien-Regimenter, ihre Verwendung finden, — bei den beiden stehenden Bataillonen Dienst thun. Um sie soll sich, wenn das Heer auf den Kriegsfuß gesetzt wird, die einberufene Mannschaft schaaren.

Damit ist, nach der Ansicht der Commission, jede Schwierigkeit beseitigt, welche die Formation des dritten Bataillons sonst haben könnte; eine Aushülfe von Seiten der beiden stehenden Bataillone sei nicht weiter nöthig, meint man. Es sei damit auch noch die Möglichkeit gegeben, vorkommenden Falles auch die beiden Linien-Bataillone des Regiments, ohne das Landwehr Bataillon mobil zu machen. Das in solchen Fällen das letztere von den beiden anderen Bataillonen zeitweise getrennt werde, könne als ein wirklicher Nachtheil nicht angesehen werden, wenn es auch eine Abweichung von dem Schema sei.

Das Beispiel, das angeführt wird, als eine Erfahrung, auf welche diese Sätze sich stützen, ist nicht ganz glücklich gewählt. Napoleon III., heißt es, habe im vorigen Jahr kurz vor dem Beginn des Krieges erst die dritten Bataillone seiner Regimenter formirt, welche dann den beiden anderen nachgesandt worden wären.

Die Sache verhielt sich sehr wesentlich anders. Die dritten Bataillone brauchten nicht erst im eigentlichen Sinn des
Wortes formirt zu werden, denn die französischen Regimenter hatten seit langen Jahren je drei Bataillone zu acht Compagnien.
Der Präsenzstand im Frieden betrug, regelmäßiger Weise, zwei
Drittheile der vollen Kriegsstärke, so daß jedes Bataillon 640
Mann zählte. Nur die in Afrika verwendeten Regimenter hatten
aber außerdem auch noch besondere Depot-Compagnieen. Bei den
übrigen leisteten die dritten Bataillone die Dienste eines Depots,
in welchem die Rekruten für das ganze Regiment ausgebildet
wurden.

In Folge dieser Einrichtungen bestand jedes dritte Bataillon
im Durchschnitt aus 136 Mann prima plana, 200 bis 220 alten
Soldaten (theils Bernfs-Soldaten, theils solchen, die zwei bis
fünf Dienstjahre zählten) — und endlich aus 280 bis 300 Rekruten (auf diesen Betrag wird durchschnittlich die Zahl der eigentlichen Conscribirten durch den Wiedereintritt alter Soldaten als
Stellvertreter vermindert).

Da man es nicht gerathen fand, die 1858 einberufenen Rekruten im Frühjahr darauf schon gegen den Feind zu führen, be-
schloß man bei den Regimentern vierte Bataillone zu bilden,
und diesen sämmtliche Rekruten zu überweisen, die zugleich den
dritten Bataillonen durch einberufene Reservisten ersetzt wurden.

Zur Bildung des vierten Bataillons mußte ein jedes der drei
alten zwei Compagnieen abgeben. Die Bataillone rückten mit sechs
Compagnieen, 720 Mann stark, in das Feld. Die vierten Bataillone sind den Regimentern im Lauf des Feldzugs nicht nachgesen-
det worden, und gar nicht zur Verwendung gekommen. —

In Folge dieser Neubildung war die Lage, in welcher selbst
das dritte Bataillon sich in Beziehung auf seine Wehrhaftmachung
für den Feldzug befand, um etwas, ja nicht unerheblich günstiger,
als die der sämmtlichen Bataillone der preußischen Armee im Fall
einer Mobilmachung sein wird.

Sie nahmen nämlich die einberufenen Reservisten in einen

Stamm auf, der nicht weniger als 0,45 der vollen Kriegsstärke betrug; dieser Stamm bestand, außer der ungemein starken prima plana, theils aus Berufs=Soldaten, theils aus solchen, die schon bis in das fünfte Jahr bei der Fahne dienten; die Reservisten wa= ren auch größeren Theils Leute, die fünf Jahre gedient und das Regiment höchstens seit anderthalb Jahren erst verlassen hatten.

Sollte man es in der preußischen Armee angemessen finden, bei einem Feldzug, der im Frühjahr eröffnet würde, die erst im October vorher einberufenen Rekruten gleichfalls zunächst dem Ersatz=Bataillon zu überweisen, und durch Reservisten zu ersetzen, so betrüge der schon bei der Fahne befindliche Stamm, der die ein= berufenen Wehrmänner aufnehmen soll, nur 0,368 der Gesammt= zahl, auf die das Bataillon zu bringen ist; ungerechnet, daß die prima plana eine sehr viel schwächere ist, als bei der französischen Infanterie, hätte ein solches Bataillon Soldaten und Reservisten von bedeutend kürzerer Dienstzeit. — Das preußische Heer ist ein von Grund aus anderes als das französische; es steht in einem anderen Verhältniß zu dem Land, es sind andere geistige Elemente in ihm rege, und wir glauben, daß es dem Feind in dieser Ver= fassung die Wage halten wird.

Würden dagegen die Entwürfe der Militair=Commission an= genommen, so geriethe schon das Linien=Bataillon in eine etwas bedenkliche Lage. Wollte es die Rekruten, die in seinen Reihen stehen, dem Ersatz=Bataillon überweisen, so bliebe ihm nur ein Stamm, der nicht mehr als = 0,322 des Kriegsfußes betrüge. Dieser Stamm bestünde ganz aus Leuten, die erst im zweiten Dienstjahr, wenn der Feldzug im Frühjahr eröffnet wird, erst seit anderthalb Jahren im Dienst stehen. Die einberufenen Reservi= sten wären dann auch Leute, die bei dem Regiment nur eine sehr knapp zugemessene Schulzeit durchgemacht hätten; die zum Theil seit viertehalb Jahr entlassen, das Regiment und das Kriegerleben in dieser Zeit nur einmal auf „höchstens vier Wochen" wieder ge= sehen hätten. Es wäre wohl Grund zu befürchten, daß ein sol= ches Bataillon ein etwas lockeres sein könnte.

Was nun vollends die Bildung des dritten, des Landwehr=
Bataillons, nach dem Schema der Commiffion anbetrifft, so ist sie
natürlich etwas durchaus Anderes als die angebliche Formirung
der britten französischen Bataillone, neben die sie mit so vieler Un=
befangenheit gestellt wird. Die einberufenen Wehrmänner würden
gar nicht in ein schon vorhandenes Bataillon eingereiht; sie hät=
ten, um die Offiziere gesammelt, ein solches erst zu bilden. Sie
hätten sämmtlich eben auch nur eine sehr kurze, ungenügende
Dienstzeit durchgemacht, und den kurzen Traum ihres Kriegerle=
bens bereits seit mindestens fünf Jahren, möglicher Weise seit
zehn Jahren hinter sich. Sie wären, seit ihrem Uebertritt in die
Landwehr, nur ein= oder zweimal durch Einberufung zu kurzer
Uebungszeit an ihre fortwährende Verpflichtung erinnert worden,
seit lange anderen Interessen zugewendet, durch vermehrte Bande
an das bürgerliche Leben gekettet. Die Benennung Landwehr, und
der Umstand, daß sie allein, ohne Beimischung anderer Elemente,
besondere Bataillone bilden, könnte wohl unter ihnen die Vorstel=
lung fortpflanzen, daß sie, eigentlich nur zur Landesvertheidigung
bestimmt, geschont werden müßten.

Wer, der die Menschen, die Wirklichkeit und das Leben kennt,
der weiß in wie weit und unter welchen Bedingungen auf die
Macht idealer Motive der höchsten Art im Menschen — in der
Masse — zu rechnen ist: welcher erfahrene Mann kann die Ueber=
zeugung der Commiffion, daß eine solche Schaar sich ohne Wei=
teres immer und unter allen Umständen als ein „Eliten=Bataillon!"
bewähren werde — ohne Einschränkung theilen?

Neben mancher anderen etwas leichthin idealisirenden An=
schauung waltet eben in diesem Theil des Planes, wie in dem
Entwurf überhaupt, die viel zu ausschließlich gefaßte und be=
schränkte Vorstellung, daß das stehende Heer nur die Waffenschule
für die wehrhafte Jugend des Landes zu sein brauche.

Seine zweite mindestens eben so wichtige Bestimmung,
als fester, vorbereiteter, in sich vollendeter Organismus, die
Mannschaften aufzunehmen, die im Fall der Rüstung für den

Krieg hinzutreten, und sie in gegliederter Ordnung zu einem festen Ganzen zu gestalten; — die Forderungen, denen es in dieser Eigenschaft zu genügen hat, werden nicht beachtet wie sie sollten. Darum vor Allem hält man die zweijährige Dienstzeit für genügend, und glaubt für die „Eliten-Bataillone" des Rahmens eigentlich ganz entbehren zu können, wenn nur die zerstreuten Elemente dazu vorhanden sind.

Eine zweijährige Dienstzeit, sagt man, genügt als Waffenschule. Angenommen, dem sei wirklich so, dann würde uns doch ein Krieg, der im Frühjahr ausbräche, mit lauter unfertigen Soldaten betreffen, von denen keiner seit länger als anderthalb Jahren bei der Fahne wäre. — Im besten Fall aber hätte das Bataillon eine Anzahl Leute, die auf dem Punkt stehen, ihre militairische Erziehung zu vollenden, und Soldaten zu werden, und dann eine überwiegende Anzahl Reservisten, die einige Jahre früher einmal auf dem Punkte waren, Soldaten zu werden. — Soll es gar keine Leute zählen, die Soldaten sind? Man vergesse doch nicht, während man so viel vom „Geist" spricht, die moralischen Mächte, die in jeder Truppe thätig sein müssen, wenn sie tüchtig sein soll. Ueber die großartigen Motive solcher Art, die ein idealisirender Sinn leicht überall wirksam denkt und voraussetzt, vergesse man nicht die Beziehungen von Mensch zu Menschen, die in dieser Alltagswelt in allen nicht ganz außerordentlichen Fällen, mehr Realität haben und auf die mit Zuversicht zu rechnen ist.

Es ist von nicht geringer Bedeutung, daß es in jedem Bataillon — jeder Compagnie — auch außer der prima plana, eine tüchtige Anzahl Leute gebe, die den Offizieren seit etwas längerer Zeit bekannt sind, zwischen denen und den Offizieren sich in Folge längeren Zusammenlebens und Wirkens ein Verhältniß gegenseitigen Vertrauens entwickelt hat. Diese Leute sind auch der neu eintretenden Mannschaft gegenüber Vermittler des Vertrauens und des kriegerischen Geistes.

Schon dem Linien-Bataillon würde dieses wichtige Element bei zweijähriger Dienstzeit in bedenklicher Weise fehlen. Bei dem

Landwehr-Bataillon vollends, um dessen Fahne sich Offiziere und Mannschaften versammelten, die einander ganz, oder so gut wie ganz unbekannt wären, fiele dieser Factor militairischer Tüchtigkeit vollständig aus.

Da nun diese Schaar den Bedingungen, auf welchen die Tüchtigkeit eines Linien-Bataillons beruht, so wenig entspricht, da es „Landwehr" sein und heißen soll, müssen wir uns fragen, ob es sich denn vielleicht dem Ideal einer Landwehr nähert, wie man sie sich unter gewissen besonderen Bedingungen, wohl innerhalb eines gegebenen Kreises tüchtig und brauchbar denken kann. Gewiß nicht! ja, noch viel weniger!

Man denke sich in einem gefährdeten Gränzland, wo die Vertheidigung durch die Oertlichkeit begünstigt wird, eine militairisch geschulte Bevölkerung in Bataillone und Compagnieen eingetheilt, unter die Befehle der durch ihre bürgerliche Stellung hervorragenden — und auch zu militairischer Tüchtigkeit vorgebildeten Einwohner des Landstrichs gestellt; man nehme an, daß diese militairischen Oberen auch in manchen bürgerlichen Beziehungen die Vorgesetzten der Bevölkerung, in vielen Fällen die Brodherren der Mannschaft und Leute des öffentlichen Vertrauens wären; Männer, die gleiche Interessen, und Jahr aus Jahr ein Freude und Leid mit ihren Untergebenen zu theilen hätten. Müßte man auch gestehen, daß solche Streitkräfte doch meist nur insofern wirksam werden und ein wirkliches Gewicht in die Wagschale legen, als der Feind sie in ihrer unmittelbaren Heimath aufsucht, daß in den Combinationen des großen Krieges immer nur bedingungsweise auf sie gezählt werden kann, — so würde man doch gern einräumen, daß sie in der unmittelbaren Vertheidigung des betreffenden Landstrichs Tüchtiges leisten könnten. Namentlich wenn eine wirkliche Feindesgefahr sich — wie am Fuß des Kaukasus, wie in Nordamerika am Saum der Wildniß — durch das ganze Leben zöge, und das militairische Verhältniß in fortwährender Realität erhielte.

Wie unendlich weit ist aber das „dritte Bataillon" des „Gegen=Entwurfs" von einem solchen Vorbild entfernt! — Es muß in der That etwas ganz anderes sein, da es einer ganz anderen Bestimmung, dem activen Dienst in weiterer Bedeutung entspre= chen, nicht der rein örtlichen, sondern der strategischen Landesver= theidigung dienen soll. Und es ist in der That nicht mehr und nicht weniger als ein unter Offizieren, die der Mannschaft fremd sind, ohne vorhandenen, organisirten Stamm, aus lauter dem Re= giment seit längerer Zeit mehr oder weniger entfremdeten Urlau= bern eilig errichtetes Feld=Bataillon. Die Offiziere wüßten nicht, auf wen sie sich vorzugsweise verlassen können, die Mannschaft wäre schon dadurch, daß sie nicht unter die alten Fahnen eingereiht wird, veranlaßt, an eine besondere Bestimmung zu glauben, und ihrer Verpflichtung in der Vorstellung gewisse Gränzen zu ziehen.

Da nun die Schwächen und Mängel einer solchen Organisa= tion so ganz offen zu Tage liegen, drängt sich uns unabweisbar die Frage auf, warum die Commission nicht eine andere vorgezogen hat, die in der That sehr nahe lag.

Die beiden Linien=Bataillone sollen nach ihrem Entwurf einen Präsenzstand von 1156 Mann haben, außerdem das Offiziercorps für das „Landwehr=Bataillon" vollständig, und der „größte Theil" der Unteroffiziere — vielleicht also 48, wenigstens 36 — desselben bei dem Regimentsstab bereit stehen.

Warum theilt nun der „Gegen=Entwurf" nicht ganz einfach diese gesammte Mannschaft in drei Bataillone ein? — Das gäbe drei Bataillone zu 400 Mann; — die Ersparnisse im Vergleich mit den Vorlagen blieben genau dieselben; — die Offiziere und Unteroffiziere des dritten Bataillons hätten ein wirkliches Com= mando; — Alles gewänne mehr Realität und eine festere Haltung.

Zwar uns würde bei einer solchen Organisation und der kur= zen Dienstzeit noch manches Bedenken bleiben. Denn wir sind der Ueberzeugung, daß ein all zu schwaches Bataillon keine genügende Schule für Offiziere und Unteroffiziere ist. Dann müssen auch der vorbereitete, feste, zusammenhaltende Rahmen einer Krieger= schaar, und die Elemente, die er in sich aufnehmen soll, um sich zu dem bestimmten Maaß von Macht zur entfalten, in einem richtigen dynamischen Verhältniß zu einander stehen. Dies Verhältniß ist in der Natur der Sache gegeben, und kann nicht ganz willkürlich festgestellt werden. Ist der vorbereitete Rahmen eines Bataillons zu schwach im Verhältniß zu den Elementen, die ihm zur Erweiterung auf den Kriegsfuß überwiesen werden, so wird er von ihnen aufgelöst und verschwindet in der Masse, anstatt sie in sich aufzunehmen.

Vierhundert Mann bei zweijähriger Dienstzeit, wären ein schwacher und ein lockerer Rahmen für ein Bataillon von 1000 Mann! — Aber jedenfalls wäre viel dadurch gewonnen, daß der einberufene Reservist oder Wehrmann wieder in dieselbe Schaar zurückkehrte, in der er seine Dienstzeit durchgemacht hat; unter dieselbe Fahne — zum Theil wenigstens unter die Befehle seiner früheren Offiziere; — mit dem Bewußtsein, daß er wieder in die volle Verpflichtung des Soldaten eintritt. — Innerhalb der Gränzen, welche der „Gegen-Entwurf" zieht, wäre diese Organisation unstreitig ohne allen Vergleich die bessere.

Warum haben also die leitenden Mitglieder der Commission, die noch dazu unsere Bedenken nicht theilen, diese Organisation gemieden, und jenes andere, seltsam-künstliche Schema vorgezogen?

Es ist wohl geschehen um die Eintheilung der Landwehr in ein erstes und zweites Aufgebot aufrecht zu erhalten; um einer bestimmten doctrinären Vorstellung zu huldigen, gleichviel, um welchen Preis; — ausdrücklich damit es im geraden Widerspruch mit dem „Hauptgrundsatz" des Generals v. Willisen, in der mobilen preußischen Armee eine Anzahl Bataillone gebe, für die kein stehender Stamm und Rahmen vorhanden ist, die im Augenblick, wo man ihrer bedarf, erst gebildet werden müssen, die mehr als nöthig wäre aus älteren Leuten, aus verheiratheten Familien-Vätern bestünden, und den Namen „Landwehr ersten Aufgebots" trügen. Das Alles in der Voraussetzung, nicht das Streben, die Armee kriegstüchtig zu machen — sondern das, ihren Organismus einer „mehr auf poli-

tiſche als militairiſche Anſchauungen gegründeten" abſtracten Doc-
trin entſprechend einzurichten, müſſe in erſter Linie maaßgebend
ſein, — und in dem Glauben, mit Hülfe ſolcher Seltſamkeiten
werde die preußiſche Armee das ſein, was ſie bei einer weniger
unzweckmäßigen Organiſation nicht ſein könne: „Das Volk in
Waffen!"

Heißt das nicht weſenloſen Schatten nachjagen? einem Wahn
in unverantwortlicher Weiſe Opfer bringen, durch welche die
theuerſten Güter gefährdet werden könnten? —

Eine verwandte — wenn auch harmloſe — Erſcheinung tritt
dann auch in Beziehung auf das zweite Aufgebot der Landwehr
hervor. Der Bericht ſagt nämlich:

„Das Landwehr-Bataillon (erſten Aufgebots natürlich) hat
für jeden der 6 Jahrgänge 510 Mann, alſo überhaupt 3060
Mann diſponibel, eine ſo große Zahl, daß deren Zulänglichkeit
keiner weiteren Erörterung bedarf, ſelbſt wenn man den Begriff
der Unabkömmlichkeit in ſehr weitem Sinn nimmt."

(Seltſamer Weiſe ſind hier die 25 Proc. wahrſcheinlichen
Abgangs, die ſonſt überall berechnet werden, und die Zahl auf
2307 Mann ermäßigen würden, mit Stillſchweigen übergangen.
Das könnte über die Nothwendigkeit täuſchen, mehr als nach den
Vorlagen der Regierung nöthig iſt, auf ältere Jahrgänge zurück zu
gehen.)

„Die Mannſchaft des Landwehr-Bataillons 1. Aufgebots
würde ſogar meiſtens hinreichen, außer dem mobilen Feldbataillon
noch ein Beſatzungs-Bataillon herzuſtellen, ohne daß man weſent-
lich auf das 2. Aufgebot zu rekurriren brauchte."

Zur Bildung eines ſolchen behält das 1. Aufgebot 1305 Mann
übrig. Nach der von der Regierung angenommenen Organiſation
hat die aus 4 Jahrgängen beſtehende Landwehr, nach Abzug des
vorausgeſetzten Abgangs von 25 pCt. für den gleichen Zweck 1538
diſponibel. Man iſt alſo hier um ſo viel weniger in dem Fall,
ältere Jahrgänge zu Hülfe nehmen zu müſſen.

Jedenfalls ſpricht der Bericht der Commiſſion in den beigebrachten Zeilen die Hoffnung aus, das Dasein der Landwehr zweiten Aufgebots, an deren wirkliche Organisirung in irgend einer Weise auch gar nicht weiter gedacht ist, werde ein bloßer Schein bleiben. Wozu ist sie dann überhaupt da? Ueberall ein seltsames Streben, Scheingebilde festzuhalten, und wenn auch das Phantasma zu einem ganz leeren werden sollte!

---

Wir haben uns absichtlich nur mit der Organisation der Infanterie beschäftigt, wie sie in dem „Gesetzentwurf" der Commission vorgeschlagen wird, zum Theil schon deßhalb, weil die Commission selbst eigentlich nur diesen Theil ihres Plans sorgfältig ausgearbeitet hat. In Beziehung auf die Artillerie schlägt sie nichts von den Normen der Regierungsvorlagen wesentlich Abweichendes vor, und was in ihrem Bericht über die Reiterei gesagt ist, hält sich, leicht skizzirt, durchaus im Allgemeinen.

Es liegt keine Veranlassung vor, im Einzelnen zu erörtern, was so flüchtig angedeutet ist —: doch aber scheint es nicht überflüssig, uns im Vorbeigehen Rechenschaft davon zu geben, von welchen Vorstellungen die Commission in Beziehung auf die Organisation der Reiterei im Allgemeinen ausgeht, und ob sie für wohlbegründet gelten können.

Wir ersehen aus dem Bericht, daß in der Commission geltend gemacht worden ist: „Welche Rolle die Kavallerie in den nächsten Kriegen nach der großen Verbesserung der Schießwaffe, sowohl der Infanterie als der Artillerie, überhaupt noch übernehmen werde, müsse doch die Erfahrung erst lehren, es ließen sich sogar gute Gründe dafür aufstellen, daß sie viel weniger in kleinen Abtheilungen noch sich werde wirksam zeigen können, als vielmehr in großen Massen, die bis zu dem gegebenen Moment weiter zurückständen. Nur zum Sicherheits= und Beobachtungsdienst bedürfe man daher vorzugsweise einer gewissen Zahl auch individuell in Mann und Pferd vollkommen ausgebildeter Schwadronen."

„Für die Reserve=Kavallerie komme man auch mit geringeren

Anforderungen aus und in derselben werde die Landwehr-Kavallerie ihre recht eigentliche Bestimmung finden; auf ihre Erfolge müsse und werde stets die geschickte Führung einen entscheidendern Einfluß üben, als die größere Gewandtheit des einzelnen Mannes und Pferdes u. s. w."

Es ist gewiß sehr zu bedauern, daß der Bericht-Erstatter die „guten Gründe", die sich nach seiner Meinung „aufstellen ließen" — nicht wirklich aufstellt, denn es wäre jedenfalls höchst interessant, sie kennen zu lernen — und sie zu errathen, ist eine schwierige Aufgabe!

In einer Uebergangsperiode, wie wir sie jetzt in Beziehung auf die Bewaffnung und die von ihr abhängige Taktik erleben, kann natürlich gar vieles Gegenstand der Discussion sein; über Vieles, so namentlich über das Verhältniß, in welchem die Reiterei fortan, der Zahl nach, zu der Gesammtmasse des Heeres stehen müßte, — über die zweckmäßigste Formirung des Regiments in vier oder sechs Schwadronen, — selbst über die angemessenste Bewaffnung des Reiters — können verschiedene Meinungen, durch Gründe unterstützt, hervortreten. Außer dem Allgemeinen ist da für jeden einzelnen gegebenen Staat auch noch manches Besondere zu erwägen, das aus seinen eigenthümlichen Verhältnissen hervorgeht: so namentlich die Natur und Beschaffenheit des Geländes, auf dem seine Heere vorzugsweise bestimmt sind sich zu bewegen — und selbst das größere oder geringere Geschick der Bevölkerung für den Reiterdienst. Nicht daß etwa ein Staat, dessen Bevölkerung wenig für den Dienst in dieser Waffe geeignet ist, die Zahl seiner Reiterschaaren dem gemäß beschränken müßte. Im Gegentheil, da könnte eher das Entgegengesetzte nothwendig werden, um sicher zu haben, was im Krieg erforderlich ist. Frankreich z. B. hat nicht unrecht, im Frieden eine verhältnißmäßig viel zahlreichere Reiterei zu bilden, als Preußen je brauchen wird. Denn die Franzosen sind schlechte Pferdewärter und müssen darauf gefaßt sein, daß ihre Reiterei im Felde durch große Verluste an gedrückten, verfütterten und sonst verdorbenen Pferden sehr schnell zusammenschmilzt, wie das die Erfahrung ihres letzten Feldzugs in Italien von Neuem gelehrt hat.

Aber so Vieles auch auf diesem Gebiet theils Gegenstand ein= gehender Erörterung sein — theils sogar erst durch die Erfahrung endgültig entschieden werden kann: gewiß ist jedenfalls, daß die von der Commission ausgesprochenen Ansichten bei einer Neubil= dung der Reiterei nicht maaßgebend sein dürfen; jene so geheim= nißvoll verschleierten „guten Gründe" müßten denn von einem Ge= halt sein, den wir nicht zu ahnen vermögen, und geeignet, uns in durchaus überraschender Weise über neue Entdeckungen zu be= lehren.

Nur als schwere Kavallerie, nur zu Angriffen in großen Mas= sen könne die Reiterei überhaupt noch verwendet werden, erklärt der Bericht der Commission, während der einfachste Augenschein uns belehrt, daß schon die steigende Cultur in dem ganzen mittleren und westlichen Europa immer weniger Raum und Boden übrig läßt, auf dem solche massenhafte Angriffe ausgeführt werden könnten!

Denken wir uns aber auch ernste Kämpfe in dem ost=europäi= schen Flachlande, so sieht wohl Jeder ohne Weiteres ein, daß es gerade in der neuesten Zeit, gerade den neuern Schießwaffen gegen= über, sehr viel schwerer geworden ist, als es früher war, große Reitermassen über weite Flächen zum Angriff heran zu bringen. Waren doch sonst die feindlichen Geschosse nur auf Kartätschen= Schußweite ernstlich zu fürchten, auf einem letzten, beschränkten Raum, der mit Sturmes=Eile durchjagt werden konnte. Aus wel= cher Entfernung könnte dagegen jetzt schon das Feuer der feindlichen Batterieen auf eine solche heranrückende Reitermasse gewaltig wirk= sam concentrirt werden!

„Weiter zurück" sollen diese Massen Reserve=Reiterei „bis zum gegebenen Moment" stehen: hat der Bericht=Erstatter der Com= mission sich wohl die Frage vorgelegt, wie weit solche Massen unter den heutigen Verhältnissen hinter der Gefechtslinie zurückstehen müßten, um durch die bloße Entfernung vor den Wirkungen des feinblichen Feuers gehörig geschützt zu sein? — Wir kämen da auf halbe Meilen, auf Entfernungen, die ein rechtzeitiges Eingreifen der Reiterei im entscheidenden Augenblick, ein rasch entschlossenes Benützen des schnell fliehenden günstigen Moments so gut wie ganz unmöglich machen könnten. Grade weil die bloße Entfernung ihr allein weniger als je nützen kann, wenn sie nicht selber unnütz werden soll, wird wohl die Reiterei mehr als je darauf angewiesen sein, in möglichster Nähe Aufstellungen zu suchen, in denen sie durch Bodengebilde gedeckt ist — und schon dadurch wird die Vereinigung großer Reitermassen in Reserve-Stellungen sehr erschwert. Denn für kleinere Reiter-Abtheilungen finden sich zwar in den örtlichen Verhältnissen zweckmäßige Aufstellungen, selbst im Flachlande, häufig genug — für große, tiefe Reiter-Massen weit seltener, und die Aufgabe, solche Massen gehörig gedeckt zu halten, wird dadurch noch schwieriger, daß es im Lauf eines längeren Gefechts auch wohl noch nothwendig werden könnte, die Stellung ein- oder mehreremale zu wechseln, um sich selbst da, wo die Verhältnisse sonst günstig sind, den Wirkungen feindlicher Wurfgeschosse zu entziehen.

Im graden Widerspruch mit den Ansichten der Commission müssen wir dagegen glauben, daß kleinere Abtheilungen leichter Reiterei, den Infanterie-Divisionen beigegeben, durch rasche, kurze Ausfälle gegen unvorsichtig heranrückende Tirailleur-Schwärme, — durch augenblickliche Verfolgung weichender feindlicher Abtheilungen — dadurch, daß sie sich rasch der Verfolgung entgegen werfen, wo einzelne Abtheilungen der Unsrigen weichen, heute wie 1813 sehr wirksam in das Gefecht eingreifen können. Man vergesse nicht, daß der Unterschied in der Wirksamkeit der heutigen und der früheren Schießwaffen auf kurze Entfernungen sehr viel geringer ist als auf größere. Zu solchem Dienst aber bedarf es einer gewandten leichten Reiterei.

Uebrigens ist selbst das, worauf die Mehrzahl der Commission die leichte Reiterei ausschließlich angewiesen glaubt, der Sicherheits- und Beobachtungsdienst, viel zu eng, in zu beschränktem Sinn aufgefaßt.

Die ungeheueren gleichzeitigen Anstrengungen, auf die alle Staaten Europa's sich gefaßt machen müssen und wirklich vorbereiten, und so manches Andere — nämentlich auch die unberechenbar vermehrten Transportmittel — deuten auf einen entweder im Allgemeinen und Ganzen — oder doch periodenweise, von einem Anhaltspunkte zum anderen, raschen Verlauf der kommenden Feldzüge. Je intensiver aber die kriegerische Thätigkeit, je rascher der Gang der Ereignisse ist, desto wichtiger sowohl als schwieriger wird es, stets über den Feind und seine Operationen gehörig orientirt zu bleiben. Wer durch seine leichten Truppen Herr des Geländes zwischen dem eigenen und dem feindlichen Heer wird, der hat sehr viel voraus. Darauf muß man es anlegen. Es gilt, unsere Streifwachen so nahe als möglich an den Feind bringen — die seinigen allen unseren Bewegungen fern halten. Dazu bedürfen wir wieder vor Allem einer gewandten leichten Reiterei, und sie wird wohl aus etwas mehr als einigen Schwadronen bestehen müssen. Nebensächlich läßt sich die Sache nicht behandeln.

Man könnte es wohl ein eigenthümliches Zusammentreffen nennen, daß in demselben Augenblick, wo unsere Militär-Commission die Ansicht aussprach, man bedürfe, unter den heutigen Bedingungen, eigentlich nur noch einer (schweren) Reserve-Reiterei zu Angriffen in Masse, und zu solchem Dienst genügten wenig geübte Landwehrmänner, auf wenig gerittenen Pferden — ein vielerfahrener französischer Reiteroffizier — der General de Noé — mit dem Vorschlag hervortrat, die schwere Reiterei, als im heutigen Krieg nicht mehr verwendbar, ganz abzuschaffen, und fortan nur Eine Art, nach dem Muster der gewandten, sorgfältig ausgebildeten Chassours d'Afrique eingerichteter und geübter leichter Reiterei zu haben.

Der General hat jedenfalls, den stimmführenden Mitgliedern unserer Commission gegenüber, die Erfahrungen einer langen Reihe von Feldzügen voraus, und er beruft sich auch auf die in der Krimm und in Italien gemachten Erfahrungen.

Er sagt unter Anderem: »Le rôle nouveau que joue l'artillerie dans les grandes luttes de notre époque, semble supprimer une division empruntée au moyen age ; il rend inutile cette grosse cavalerie, ces cuirassiers immortels d'Eylau et de la Moskowa, pour lesquels leur armure n'est plus une défense contre les armes de précision inventées de nos jours. La mobilité, l'élasticité, si je puis me servir de cette expression, doivent être les principes fondamentaux de la nouvelle cavalerie, qui dévra sortir de ces modifications apportées aux engins de guerre. La cavalerie est appelée à une tactique nouvelle. Il s'agira pour elle d'être transportée vivement d'un point à un autre, d'être toujours prête à jouer indistinctement tous les rôles et surtout le dernier, celui qui achève et complète les victoires. La poursuite d'une armée battue et en déroute, cette partie de l'action exigera une cavalerie d'autant plus agile, d'autant plus manoeuvrière, que ce dénouement se produit, à de rares exceptions près, au moment où quelques heures seulement sont accordées avant la chute du jour. Il faudra donc une cavalerie qui, ayant pu combattre en ligne toute la journée, trouve encore dans son élément constitutif la vigueur, l'entrain, l'audace de la cavalerie légère, qui, répandue de tous côtés dans la plaine, coupe les fuyards, ramasse les pièces que l'on cherche à sauver, assure enfin ces triomphes qui, dans une seule bataille, font tomber les empires. «

Schon durch die bisherigen Erfahrungen findet de Noé seine Ansicht bestätigt, obgleich während der letzten Feldzüge das System der neuen Bewaffnung der Heere noch nicht vollständig durchgeführt war. Er faßt das Ergebniß dieser Erfahrungen schließlich in folgende wenige Zeilen zusammen : »La grosse cavalerie, qui s'est couverte de gloire dans les campagnes immortelles du premier empire, n'a pu trouver depuis 1815 une seule occasion de justifier la confiance que l'on peut à juste titre avoir en elle. Appelée deux fois à de grandes luttes, en Crimée et en Italie, l'occasion a semblé fuir devant elle. Les lanciers se sont trou-

vés dans le même cas, sauf un engagement dans la journée
de Solferino, où un témoin oculaire a vu un grand nombre de
ces braves cavaliers jeter leurs lances à terre pour se servir
de leurs sabres. Rien ne prouve mieux la nécessité de rame-
ner la cavalerie française au type créé en Afrique, et dont tant
de campagnes heureuses ont établi la supériorité.

Mag man auch den Ansichten dieses französischen Cavalerie-
Offiziers nicht ganz ohne Einschränkungen beistimmen, so wird sich
doch ohne Zweifel das Urtheil aller Sachverständigen dahin einigen, daß er dem Zutreffenden, Richtigen, sehr viel näher gekommen
ist, als der deutsche Berichterstatter. —

Einzelne Mitglieder der Commission haben die Besorgniß
ausgesprochen, es könnten durch die Umbildung des Heeres Zustände herbeigeführt werden, denen, die vor 1806 bestanden, in un-
erwünschter Weise verwandt. Wir haben schon vorhin ausgesprochen, wie wenig uns eine solche Besorgniß begründet erscheint, sowohl in Beziehung auf die socialen, als auf die eigentlich militairischen Verhältnisse, die dabei zur Sprache kommen.

Doch verlohnt es der Mühe, den angeregten Gegenstand noch
einmal in das Auge zu fassen, und dabei namentlich über die Schwächen jenes alten, nach dem unglücklichen Kriege beseitigten Systems,
über die Mängel, die es vorzugsweise unhaltbar machten und unermeßliches Unheil herbeiführten, zuerst und vor Allem den Feldmarschall Boyen zu hören.

Von der Unzuverlässigkeit der Ausländer sprechen wir nicht
weiter, sie ist hinlänglich bekannt und besprochen; was aber die
Inländer betrifft, die von Rechts wegen den eigentlichen Kern des
Heeres bilden mußten, so sagt Boyen:

„Die vorschriftsmäßige zwanzigjährige Dienstzeit konnte diesen
(d. h. den durch die Beurlaubungen hervorgerufenen) Nachtheil
nicht aufwiegen. Bei der Reiterei verwendete man in der Regel
das erste Dienstjahr zur Ausarbeitung der Rekruten. In den übri-

gen 19 Jahren fand die Einberufung früher auf 6, später auf nur
4 Wochen statt, so daß der beurlaubte Soldat am Schluffe seiner
Dienstzeit, durch mehrmalige Entlassungen oft unterbrochen, im
Ganzen nur 2 Jahre 7 Monate bei den Fahnen sich befand. Bei
dem Fußvolk war dieses Verhältniß bei weitem ungünstiger. Die
Neigung, die Zahl der Freiwächter zur Erhöhung des Einkommens
zu benützen, nahm in kleinen Garnisonen bis zum Unglaublichen
überhand. Nur selten dauerte die Rekrutenzeit länger als 10, die
jährliche Exercierzeit nicht über 4 Wochen, so daß der Kern und
die überwiegende Mehrzahl des Fußvolks nach Ablauf von 20 Jahren nur 21½ Monat wirklich dienstthuend war."

Der kriegerische Geist konnte natürlich unter solchen Bedingungen in den Leuten kaum erwachen. Der Inländer, der „Can-
tonist" war und wurde eigentlich nie Soldat. Er war im Wesentlichen ein armer Tagelöhner, der seine Verpflichtung gegen das
Regiment nur als ein hemmendes und lähmendes Nebenverhältniß
empfand, das ihn in seinem eigentlichen Lebensberuf fortwährend
störte und zurücksetzte; als eine drückende Fessel, die er unerträglich
lange durch den besten Theil seines Lebens schleppen mußte.

Im Unglück zeigte sich, daß das Band, welches auch diesen
besten Theil der Leute an die Fahnen knüpfte, ein zu lockeres war.
Scharnhorst gewahrte mit Erstaunen, mit welchem Gleichmuth
gerade die ältesten Soldaten nach dem Schlage bei Jena ihre Fahnen verließen. Sie gingen einfach nach Hause, um für ihre Familien zu sorgen, und antworteten auf die Vorstellungen und Vor-
würfe, die ihnen gemacht wurden: sie hätten lange genug gedient;
es seien jüngere Leute genug im Lande, den Handel auszufechten.
Gerade diese bitteren Erfahrungen bestimmten Scharnhorst, das
Heil des Staats in einem entgegengesetzten System zu suchen, und
in seinen Organisationsplanen die Verpflichtung zum Dienst auf
die Jugendjahre der Mannschaft zu beschränken, dagegen eine längere Zeit effectiven Dienstes bei der Fahne vorzuschreiben. Dieselben Erfahrungen bestimmten auch Boyen, eine ununterbrochene
dreijährige Dienstzeit in derselben Weise nothwendig zu halten.

Beide erkannten in all' zu lange während der Verpflichtung und ungenügendem, zerstückeltem wirklichen Dienst, Hauptmängel des alten Systems.

Nach den Entwürfen der Commission bleibt — selbst ganz ab= gesehen von den sieben Jahren Landwehr=Pflichtigkeit im zweiten Aufgebot — jeder Wehrmann nicht weniger als zwölf Jahre — für unsere Verhältnisse viel zu lange — zum Dienst in erster Linie verpflichtet. Nach Beendigung seiner zweijährigen Lehr= zeit könnte er dann freilich im Lauf der folgenden 10 Jahre noch fünf Mal, jedesmal auf einen Monat, zu Uebungen einberufen werden, die Commission spricht aber die Hoffnung aus, daß man sich, das Drückende solcher Verpflichtungen erkennend, darauf be= schränke, ihn nicht so oft (vielleicht nur etwa dreimal) einzuberu= fen, und rechnet darauf, daß drei Uebungs=Perioden von je einem Monat, auf zehn Lebensjahre vertheilt, vollständig genügen werden, die Leute nicht nur in Uebung, sondern auch den kriegerischen Geist und Sinn in ihnen wach zu erhalten; das Bewußtsein, daß sie während dieser langen Zeit den Waffendienst mit Freudigkeit als ihren Hauptberuf zu betrachten haben, nicht erlöschen zu lassen. Sie rechnet mit solcher Sicherheit darauf, daß sie in den ältesten und verheiratheten Ackerbürgern und Gewerbsleuten, die ihrer Lehr= zeit am weitesten stehen, und dem Waffendienst am längsten ent= fremdet sind, gerade das beste Material für „Eliten=Bataillone" zu erkennen glaubt.

Der Wehrmann hätte demnach am Schluß seiner zwölfjährigen Dienstzeit im Ganzen höchstens 29 Monate — wahrscheinlich nur 27 Monate wirklich gedient.

Je entschiedener sich die Commission dem vor 1806 herrschen= den Militär=System abhold erklärt, desto seltsamer muß es gewiß auffallen, daß gerade ihre Vorschläge, wie wir sehen, ganz dazu geschaffen sind, die mit am schwersten empfundenen Mängel jenes perhorrescirten Systems wieder in das Leben zu rufen. — Aller= dings nicht ganz in derselben Weise und in demselben Maaße. Die Lehrzeit ist etwas reichlicher, wenn auch noch immer knapp zuge=

75

meffen, dagegen dürften die fpäteren Uebungszeiten, weiter aus=
einander gelegt, nicht fo beftimmt und regelmäßig wiederkehrend,
verbunden mit dem Uebertritt in die haltlofen Landwehrbataillone,
wohl noch weniger genügen, die pflichtige Mannfchaft während
einer fo langen Zeit bürgerlichen und gewerblichen Lebens in krie=
gerifcher Tüchtigkeit zu erhalten.

———

Als pofitiven Gewinn, der fich aus der Annahme ihres Sy=
ftems ergeben müffe, macht die Majorität der Commiffion die Er=
fparniffe geltend, die bei der Infanterie gegen 2½ Million Thaler
betrügen und fich nicht wegrechnen ließen.

Erfparniffe find zwar ftets erwünfcht, doch haben fie, wie
fchon gefagt, nur in der Vorausfetzung, daß der Zweck der Aus=
gabe, an der gefpart wird, erreicht fei, ihren wirklichen Werth. Im
entgegengefetzten Fall verwandeln fie den ganzen überhaupt gemach=
ten Aufwand in unfruchtbare Verfchwendung der allerfchlimmften
Art.

Wir müffen zum Schluß darauf zurückkommen: damit wir
uns diefer verhältnißmäßig nicht allzu bedeutenden Erfparniffe
freuen könnten, müßte unwiderleglich dargethan fein, daß die Be=
waffnung Preußens, wie fie fich nach den Vorfchlägen der Com=
miffion geftalten würde, durch Werth und Gehalt den Aufwand
rechtfertigte, der für fie gemacht würde. Es dürfte nicht dem lei=
feften Zweifel unterliegen, daß fie hinreichend feft in fich gefchloffen
fei, um Preußens Fahne hoch zu halten, in den Stürmen, die in
naher Zukunft drohen. Sonft ift die Erfparniß Verfchwendung.

Der geforderte Beweis aber fcheint uns nicht genügend ge=
führt.

———

www.ingramcontent.com/pod-product-compliance
Lightning Source LLC
Chambersburg PA
CBHW030015030726
47499CB00008B/3008